SV

Andreas Maier
Onkel J.
Heimatkunde

Suhrkamp

Satz: TypoForum, Seelbach
Druck: CPI – Ebner & Spiegel, Ulm
Printed in Germany
Erste Auflage 2010
ISBN 978-3-518-42134-5

1 2 3 4 5 6 – 15 14 13 12 11 10

Onkel J.

Neulich war ich in Berlin

Neulich war ich in Berlin. Das wird jetzt niemand weiter ungewöhnlich finden, aber ich bin Hesse, und mir ging in Berlin ein Wunsch in Erfüllung. Der Wunsch hat etwas mit früher zu tun, als ich viel jünger war.

Ich komme aus Frankfurt, nein, noch weniger, ich komme aus der Wetterau, die kennt fast niemand. Da spricht man schon wieder ganz anders als in Frankfurt. Wenn wir Wetterauer zum Beispiel »Wetterau« sagen wollen, dann versteht das keiner. (Wir reden von unserer Heimat, wir Wetterauer, und werden schon nicht verstanden!) Es klingt wie eine Mischung aus »Werra«, mit gaumigen Gutturalen, und »Wedra«, man darf das »d« nur ganz kurz antippen und muß dann sofort über das von der Zunge kaum bewältigte »r« stolpern, es klingt mehr wie ein sprachliches Hinfallen. »Ich habe« heißt bei uns manchmal schlicht »Eich hun«, also fast wie »Eichhorn«. Ein ländliches Volk. Man trinkt Apfelwein und viel Licher Bier, und Baumärkte sind ganz wichtig. Dort trifft man sich. Da bin ich aufgewachsen. Ein Bub in kurzen Hosen, der mit dem Fahrrad zwischen Orten wie Florstadt, Bauernheim und Ossenheim hin- und herfährt, passend in die Landschaft und doch vielleicht auf der Flucht vor allem, wer weiß, das geht ja immer in eins. Das waren so die Jahre 1979, 1980.

Dann gab es das Jugendzentrum in Friedberg in der Wetterau. Ich ging da hin, da war man links, kiffte, trank Bier und spielte Fußball im Hof. Das tat ich auch. Wurde irgendwann dichtgemacht. Die JUZ-Bevölkerung campierte dann noch ein Jahr widerrechtlich auf einer öffentlichen Wiese, kiffte, trank Bier und spielte Fußball, irgendwie waren plötzlich auch sehr viele Hunde dabei. Heute, ein Vierteljahrhundert danach, sieht man noch einige alte JUZler (sie heißen nach wie vor so) in der Stadt, gekleidet wie damals (Leder, Kapuzenpullis), im selben schlurfenden Gang, wie Monumente aus einer lang vergangenen Zeit.

Ich überstand die Friedensbewegung von der Polizei ungeschoren, legte mich in Schallers Festzelt auf der Seewiese in Friedberg in der Wetterau mit Helmut Kohl an, der hielt dort nämlich während des Herbstmarkts eine Wahlkampfrede (1983). Jahrelang zogen wir durch die Städte und setzten uns auf Böden und rauchten und machten Gackergeräusche, zumindest kommt es mir im nachhinein so vor. Immer so ein gackerndes Lachen über alles. Wir waren einfach total antispießig. So nannte man das damals.

Später zog ich nach Frankfurt und studierte. Heidegger und so weiter. Ich war nun neunzehn und irgendwie müde. Dieses permanente, dröhnende Antispießigsein die ganzen Jahre vorher war einfach sehr anstrengend gewesen, ich hatte es gar nicht bemerkt.

Anfang der neunziger Jahre fand ich mich in solchen Wirtschaften wie der »Schillerlinde« oder der »Dunkel« in Friedberg wieder, oder im »Deutschen Haus« in Bad Nauheim, und in Frankfurt ging ich in die »Germania« oder ins »Gemalte Haus«. Apfelwein, Handkäse, Rippchen, Kraut. Ich studierte Latein, saß am Fenster, ließ mir die Sonne auf die Stirn scheinen, dann nahm ich das Fahrrad wie früher in der Wetterau und radelte in die Gartenwirtschaft. Ich trug sogar wieder kurze Hosen. Herrlich! Und die Leute um mich herum. Dummbabbelnde Frankfurter. Herrlich! In Bad Nauheim im Deutschen Haus saß ich unter Kurgastpublikum, seit den neunziger Jahren ist Bad Nauheim ein Parkinsonzentrum, die Hälfte des Publikums war vergreist und zitterte, der Weg des Schoppens vom Tisch zum Mund war für manche kaum zu bewältigen im Deutschen Haus.

Dann wurde ich Schriftsteller. Alles zog nach Berlin. Wie in Panik sprang meine gesamte Umwelt plötzlich auf und war weg. Damals dichtete Tocotronic die berühmten Zeilen: Der da drüben ist jetzt DJ in Berlin / Überhaupt gehen jetzt einige da hin.

Ich kam in einen Verlag, der mehr für Bonner als für Berliner Republik stand (Suhrkamp), und mein Fußballverein stieg ab. Ich saß weiter in meinen Wirtschaften und kaufte mir ein Deckelchen, um es auf das Schoppenglas zu legen. Damit gehörte ich endgültig zu den Senioren.

Einmal lebte ich zwei Jahre in Brixen, das liegt in Südtirol. Berühmtester Satz über Brixen: »Das Stadtbild beherrschen Priester und Schafe« (Norbert C. Kaser). Eines Tages kam eine ziemlich junge, sehr hübsche RAI-Redakteurin mit dem Fernsehen zu mir und fragte mich, was ich den ganzen Tag in Brixen machen würde. Ich sagte, alles sei sehr angenehm hier, morgens arbeitete ich ein bißchen, ginge dann in die Stadt hinunter, läse in der Bibliothek Zeitung, tränke einen Kaffee, arbeitete dann wieder ein bißchen, und abends ginge ich zum Guggerhof, Nußler trinken und Speck essen. Das machte ich seit zwei Jahren Tag für Tag. Ich war damals einunddreißig. Die Frau von der RAI reiste fassungslos wieder ab.

Irgendwann war mir klar, daß ich für die meisten zum Bauern regrediert war. Ich saß unter einfachen Leuten (einfach wie ich) und führte einfache, belanglose Gespräche, die nichts wollten, niemanden bedrohten und vor allem nicht hip waren. Überhaupt nicht.

Als ich siebenunddreißig war, gründete ich mit einem Freund zusammen meinen ersten Stammtisch. Stammtisch mit Deckelchen. Im Gemalten Haus in Frankfurt am Main, Schweizer Straße. Der Traum eines gelungenen Lebens sah so aus: samstags erst zum Stammtisch, dann raus ins Stadion und Bundesligafußball sehen. Ansonsten vielleicht mal ein, zwei Tage in den Odenwald. In Frankfurt geht das. Wir Frankfurter! Aber dann kam die Eintracht (unsere Mannschaft) ins Pokalfinale, und neulich fuhren wir also nach Berlin. Dorthin, wohin alle vor Urzeiten aufgebrochen waren, um uns zurückzulassen in unserer Frankfurter Ländlichkeit, als hätten sie es eilig.

Wir besuchten Freunde in der Kastanienallee. Wir gingen in Kneipen, dort trug man so bestimmte Jakken, Kapuzenpullis, auf so bestimmte Weise kaputte Hosen, man trank Bier in einer bestimmten Haltung, die mich an etwas erinnerte, man ging auf ein Punkkonzert, das wie vor fünfundzwanzig Jahren klang, man saß auf dem Boden, gackerte, überhaupt sah alles und jeder absolut sozialkontrolliert aus, es war, wie mir plötzlich aufging, einfach alles genau wie damals im Friedberger JUZ. Selbst den etwas fiebrigen Gesichtsausdruck, diese fliegende Hitze, die man immer beim Hip-Sein hat, dieses leicht von sich selbst Berauschte, kannte ich noch.

Wie lange war das her! Was hatten wir uns verändert! Wir Frankfurter Bauern vom Land! Ja, zum ersten Mal kam ich mir wirklich wie ein Bauer vor. Ein Bauer in der großen Stadt.

In einem Fragebogen, ich glaube vom Börsenblatt, war ich einmal gefragt worden, wer oder was ich gern sein würde. Meine Antwort hatte gelautet: »Noch einmal ich vor fünfundzwanzig Jahren, aber bitte nur für einen Tag.« Ja, das hatte ich mir gewünscht; auf der Rückfahrt nach Frankfurt, dieser schönen Stadt in Hessen, dem Apfelweinprovinzschnarchnest, fiel es mir wieder ein. Und plötzlich wußte ich: da hat mir der liebe Gott also auch diesen Wunsch erfüllt, auf seine Weise. Nämlich durch die Stadt Berlin. Und grandioserweise tatsächlich nur für einen Tag.

Neulich lief ich über den Theaterplatz

Neulich lief ich über den Theaterplatz in Frankfurt am Main, der heutzutage Willy-Brandt-Platz heißt, weil er umbenannt wurde, als Willy Brandt starb. Damals standen Hunderte und Tausende vor der Frankfurter SPD-Zentrale und wollten sich unbedingt ins Willy-Brandt-Kondolenzbuch eintragen, um ihre Trauer kundzutun. Ich erinnere mich auch, wie mein eigener Vater, sämtlicher Unterhaltungstechnik gegenüber von jeher berührungsängstlich, stundenlang vor dem damals neu gekauften Videorecorder kniete, um möglichst bruchlos den unglaublich langen Beerdigungszug mitsamt Trauerfeier für Franz Josef Strauß mitzuschneiden. In seinem Schrank findet sich unter anderem auch sämtliche Berichterstattung über die Trauerfeierlichkeiten der letzten österreichischen Kaiserin Zita, Habsburgerin. Das *Urbi et Orbi* wird ebenfalls jedes Jahr mitgeschnitten, und selbstverständlich immer auch »Mainz, wie es singt und lacht«. Aber zurück zum Willy-Brandt-Platz, früher Theaterplatz. Das hatte Frankfurt damals aber gut gemeint! (Franz Josef Strauß wurden solche Ehren in Frankfurt nicht zuteil.) Jetzt hieß der Theaterplatz also nach dem Mann, der in Frankfurter Gastwirtschaften hier und da nach wie vor als Deutschlandverräter bezeichnet wird (im Gegensatz zu Franz

Josef Strauß). Der Blick des Frankfurter Magistrats fiel daraufhin auf die U-Bahn-Pläne, die Busschilder, den gesamten Netzplan, und man mußte mit Schrekken feststellen, daß da überall, tausend- und abertausendfach, immer noch »Theaterplatz« stand. Also produzierte man paßgenaue Plastikfolienklebeteilchen mit dem Aufdruck des neuen Namens und klebte tausendfach. Die Folie war leider nicht dick genug, man sah immer noch »Theaterplatz« unter dem neuen Namen hervorschatten. Und Willy hatten sie überall mit »i« geschrieben: Willi. Den Trauerzug für Willy Brandt hat mein Vater meines Wissens nicht mitgeschnitten, da hält man eher auf die Parteizugehörigkeit. Mit der guten alten Zita dagegen war die Familie ja quasi bekannt, zumindest mit ihrem Beichtvater, und für die Beerdigung des Papstes steht schon der neue DVD-Apparat Gewehr bei Fuß. Wenn Johannes Paul II. stirbt, werden die Mediamärkte gewaltige Absätze verzeichnen. Das größte Ereignis aber wird die Beerdigung von Helmut Kohl sein. Davon wird keiner verschont bleiben. Und als Ignatz Bubis starb, hat man in Frankfurt auch gleich etwas umbenannt, nämlich eine Brücke. Ignatz Bubis war der Zentralratsvorsitzende der Juden in Deutschland. Ich habe im Gemalten Haus auf der Schweizer Straße in Frankfurt am Main mal einem besonders eigentümlichen Ignatz-Bubis-Anfall zuhören dürfen bzw. müssen. Der Mann an meinem Tisch war Mitte Vierzig, erzog sein dreijähriges Kind allein zu Hause »zweisprachig« (frankfurterisch und französisch), arbeitete an einem Ungeziefervertilgungsinstitut, bezeichnete sämtliche Frankfurter Radfahrer als »gesetzlich geschützte Militante« und prägte über Frankfurter Umbenennungen das Bonmot »solle se doch in Tel Aviv ihre Brügge umbenenne, awwer net hier«. Und dann kamen die üblichen Parallelisierungen: Wir benennen »dene ihre« Theaterplätze in Israel ja auch nicht in Willy-Brandt-Platz um *et cetera* (so der Mann). Der Mann hatte einen Hund unter dem Tisch, das kam dazu, und dieser Hund machte tatsächlich zwei Stunden lang keinen Mucks. Ich habe neulich infolge einer Stirnhöhlenvereiterung ein falsch verschriebenes Schmerzmittel genommen, das man nur Krebskranken im finalen Stadium gibt. Ich schwebte vierundzwanzig Stunden mindestens einen halben Meter über mir, und so ging es mir auch mit dem Ungeziefervertilger im Gemalten Haus: man hört zu, und man kann gar nicht rechtzeitig aufstehen, weil die Betäubung schon vorher erfolgt.

Neulich auf einer Lesung

Neulich war auf einer Lesung von mir jemand ziemlich betrunken. Es handelte sich um einen Mann Mitte Zwanzig, der ein braunes Mäntelchen trug und einen etwas wirren, nicht allzu langen Bart. Der Mann hatte wäßrig blaue Augen, ein leicht aufgeschwemmtes Gesicht, das Tolstoj sicherlich als »gesund« bezeichnet hätte, und er redete mich begeistert auf englisch an. Ich verstand allerdings kein Wort. Für den Mann war das kein Problem, denn er war überaus enthusiastisch und hieb mir sogar mehrfach die Hand auf die Schulter. Einige Minuten später hörte ich einen dumpfen Schlag, und wiederum zehn Minuten später erzählte man mir, der Mann sei der Länge nach auf die Dielen des Veranstaltungsortes hingeschlagen. Worauf man ihn hinausgeworfen habe. Anschließend versuchte der Mann eine ganze Weile, durch die verschiedensten Türen und auch durch das Toilettenfenster wieder in das Veranstaltungsgebäude (eine Buchhandlung mit Café) hineinzukommen, unter erheblichem Lärm. Schließlich hatte er es geschafft, stand in den hinteren Reihen, zwinkerte, winkte, zwinkerte wieder, prostete mir mit einem Weinglas zu und wurde zum zweiten Mal ergriffen und hinausgeworfen. Diese Lesung fand in Moskau statt. Später kam ein blonder Mann, sehr groß, ebenfalls mit diesen wäßrigen blauen Augen, stellte sich als *artist, writer* vor und zeigte mir, wie er im Spagat nur mit dem Mund (also ohne Hände) einen Stumpen mit Wodka vom Boden aufnimmt und leert. Das machte er dreimal, und vorher winkte er immer, um meine Aufmerksamkeit auf sich zu ziehen. Ja, auch in der U-Bahn sah ich ziemlich betrunkene Leute, in Rjasan sprach mich ein völlig betrunkener Soldat an, ob ich Zigaretten habe. Im russischen Fernsehen waren die Soldaten nie betrunken, ihre Kleidung war immer gebügelt, und überhaupt besteht das russische Fernsehen nur aus zwei Dingen: überall sieht man Militär und Miliz, und niemand trinkt einen Schluck. Im Fernsehen ist Rußland ein vollkommen antialkoholisches Land.

Ich schreibe das natürlich nur, um einerseits das typische Russenklischee zu bestätigen, denn jedes Klischee trifft immer zu und gehört deshalb unbedingt bestätigt. Aber zum anderen muß ich auch von einem gegenläufigen, ebenso zutreffenden Klischee berichten, und zwar von dem, das die Russen von uns, den Deutschen, haben. Warum glauben eigentlich gerade wir, uns umzubringen, wenn wir nach Rußland fahren müssen und dort glasweise Wodka aufgenötigt bekommen? (Übrigens: aufgenötigt wurde mir kein Glas, kein einziges, und die Trinksprüche sind gar nicht schlecht, und der dritte Toast ist immer auf die Frauen und die Liebe, selbst wenn man mit achtzigjährigen Großmütterchen trinkt.) Ein einfaches Rechenexempel nimmt der Sache den Schrecken. Fünfhundert Gramm Wodka sind etwa zwei Flaschen Wein, umgerechnet. Und jetzt denke man sich einen ganz normalen Abend im deutschsprachigen Literaturbetrieb. Nehmen wir als Beispiel Leipzig, Buchmesse: erst Lesung, dann Sekt, dann Essen mit Wein, anschließend stundenlang ins Paulaner: Wein, irgendwann Schnaps. Dann macht das Paulaner zu, dann geht man Cocktails trinken bis sechs Uhr morgens, und mit wem man anschließend in welchem Hotelzimmer aufwacht, kann man sich da meistens noch gar nicht ausrechnen. Also, was sind dagegen fünfhundert Gramm Wodka? Und daher nun also das andere, das Deutschenklischee. Die Russen behaupten nämlich ihrerseits über uns, wir seien absolute Tottrinker. Die Russen sagen, die Deutschen fangen an zu trinken und haben nach zwei Stunden bereits die totale Besinnungslosigkeit erreicht. Die Russen sagen, die Deutschen sind Eimer, die sofort alles, was sie in die Hände bekommen können, in sich hineingießen. Und ich muß es leider bestätigen: Es stimmt. Die Russen trinken langsamer, sie mischen nicht, sie essen etwas dazu, und sie trinken nicht existentialistisch-vereinsamt wie wir, sondern sie trinken sozusagen kollegial: Sie warten auf dich, sie warten auf dein Glas, und man trinkt die Runden gemeinsam. Und der dritte Toast ist immer auf die Frauen und die

Liebe. Während die Russen fröhlich am sich biegenden Tisch sitzen und gerade den dritten Liter Wodka aufschrauben, liegen die Deutschen bereits im Delirium auf dem Boden: Wein, Wodka, Bier, ach, lieber doch keinen Wodka mehr, also wieder Wein, und weil der Wein zu schwer wird, lieber Bier, und weil am Ende alles müßig ist, doch lieber wieder Schnaps, und seit Stunden keinen Bissen gegessen. Das sind wir. Ich habe einmal mit einem deutschen Verleger acht Flaschen Wein getrunken. Acht. Das sind umgerechnet zwei Liter Wodka. Es ist mir unverständlich, wieso wir so Angst vor diesen kleinen Wodkagläsern haben.

Übrigens noch die Zugfahrt nach Moskau. Da gibt es ein kleines Spiegelschränkchen im Abteil, und wenn man es öffnet, findet man dahinter mit Spangen eingeklemmt vier Gläser und eine schön geformte, niedliche Karaffe. Auf der Hinfahrt hatte ich noch keine Ahnung, wozu das dienen sollte. Auf der Rückfahrt schon. Die Rückfahrt verbrachte ich mit einem Saarländer aus Neuenkirchen, dem Nachbarort von Bexbach, wo die Familie Heinz Becker wohnt. Er stieg in Brest zu, trank Bier und redete wie Heinz Becker. Ich öffnete manchmal den Spiegelschrank und musterte verträumt die leere Karaffe. Musterte die vier Gläser. Dann öffnete ich verschämt meinen Rucksack (der Saarländer schlief bereits, er war Ingenieur), holte fünfhundert Gramm Wodka heraus, schüttete sie in die Karaffe und stieß mit mir selbst an. Und der dritte Toast war natürlich auf die Frauen und die Liebe.

Neulich war ich auf dem Friedhof

Neulich war ich auf dem Friedhof. Dort, in Friedberg in der Wetterau, liegen meine Großeltern, meine Urgroßeltern und meine Ururgroßeltern, alle unter demselben Stein. Der Stein stammt aus unseren Steinwerken, meine Familie hat früher die Grabsteine für diesen Friedhof gemacht. Wir hatten einen Diabas-Steinbruch. Als ich siebzehn, achtzehn Jahre alt war, kannte ich fast alle Grabsteine des Friedhofs auswendig. Er liegt nicht weit von meinem Elternhaus entfernt.

Die letzte Beerdigung auf diesem Friedhof, die meine eigene Familie betraf, war die meines mir zeitlebens verhaßten Onkels J., dem ich heute *in memoriam* immer ähnlicher werde. Er war der Dorfschluri. Hierzulande sagt man auch Flabbes. Einer, der an Baustellen herumsteht und schaut. Inzwischen hat meine Seele eine geheime Verwandtschaft zu ihm, dem Abscheulichen, entdeckt. Bei Familienfesten diene ich inzwischen mitunter geradezu als sein Stellvertreter.

Onkel J.: Zangengeburt, dürres Kind, geistig zurückgeblieben, darüber hinaus vollkommen schmerzunempfindlich, eine gewisse äußerliche Ähnlichkeit mit Glenn Gould ist auf Fotos aus den fünfziger Jahren unabweisbar. Sein Vater, mein Großvater, verabscheute seinen Erstgeborenen, prügelte ihn mit einem Lederriemen, und wenn J. in der Steinmetzfirma bei etwas half oder gewisse von ihm selbst erfundene Tätigkeiten ausübte (das machte er auch zu Hause: er richtete sich eine Phantasiewerkstatt ein und schraubte und polierte dort in ganz sinnlosen Scheinhandlungen vor sich hin, als sei auch er Handwerker), dann nahm ihn mein Großvater nicht im Automobil nach Hause mit, sondern mein Onkel mußte die drei Kilometer von der Firma bis hin zu seinem Elternhaus zu Fuß laufen.

Zu meiner Zeit, sagen wir in den siebziger Jahren, arbeitete Onkel J. in Frankfurt bei der Post im Hauptbahnhof, schleppte Pakete, duschte nie und verströmte einen so unerträglichen Gestank, daß dieser binnen zwei Minuten in jedem Haus bis in die hintersten Ritzen drang. Wenn er zu uns kam, verließ ich sofort das Haus und ging meistens auf den Friedhof. In J.s Elternhaus (er wohnte zeitlebens bei seiner Mutter in Bad Nauheim) wurde ihm eigens ein Bad im Keller eingerichtet, direkt neben seiner Phantasiewerkstatt. Der Keller war sein Bezirk. Heute bewohne ich dieses Haus. Ich könnte ein J.-Museum aufmachen …

Ich sprach von einer geheimen, seelischen Verwandschaft. Nun, ich bin vergleichsweise reinlich, sehe überhaupt nicht aus wie Glenn Gould und habe mir nie eine Phantasiewerkstatt eingerichtet (obgleich J.s Spannböcke und Drechseleisen noch immer dastehen, wenn er auch, wie fast alle früheren Bewohner des Hauses, schon tot ist). Aber manches wird doch langsam sehr ähnlich. Erstens: Wenn J. zu meinen Eltern kam (sonntags aßen meine Großmutter und er regelmäßig bei uns), dann ging er *immer* als erstes in die Küche, öffnete den Kühlschrank, holte sich ein Henninger-Bier heraus (bei der Henninger Bräu arbeitete mein Vater, die ganze Familie trank Haustrunk), dann öffnete er den genau über dem Kühlschrank gelegenen Glasschrank, holte einen Henninger-Glasbierkrug heraus, füllte sich den Krug, trank ihn schon am Kühlschrank zur Hälfte aus und machte dabei ein so widerwärtiges Lustgeräusch, daß er mir das Urbild des Grauens wurde. Für ihn klang es wahrscheinlich herzhaft. Übrigens reichte der Weg vom Eingang in die Küche, um das ganze Haus vollzustinken. Es war eine Art Silage-Geruch. Ich ging währenddessen auf den Friedhof, lernte die Grabsteine auswendig und atmete tief durch …

Heute, zwanzig Jahre danach, muß ich, wenn ich nach Hause (also nach Bad Nauheim, in *sein* Haus) komme, regelmäßig an ihn denken, denn meistens schütte ich mir als allerserstes sofort ein Bier ins Glas und mache ein Lustgeräusch, einsam vor dem Kühlschrank stehend, wie er.

Zweitens: J. ging viel in Kneipen. Es gab eine Zeit, da begann auch ich, viel in Kneipen zu gehen. Ich mied die sogenannten Cafés und stellte mich lieber in Bier-

und Apfelweinwirtschaften. Das tue ich bis heute. Kaum hatte ich damit angefangen (ich war etwa zwanzig), traf ich jedesmal meinen Onkel J. Er und ich, die beiden einzigen Kneipengänger unserer Familie. Im Laufe unseres Lebens haben wir nicht nur manchmal die gleichen Leute kennengelernt, sondern stets auch die gleichen Gaststätten aufgesucht: Die Schillerlinde, die Dunkel, das Goldene Faß, den Hanauer Hof, das Jagdhaus Ossenheim und dergleichen mehr. Mein Onkel war da ein ganz bunter Hund.

Drittens: Er streunte wie ein Köter durch die Gassen seiner Heimatstadt. Ich auch.

Bei der Weihnachtsgans (an Weihnachten zwang man ihn zur körperlichen Reinigung) wedelte er nach dem dritten Bissen Jahr um Jahr mit dem Messer und sagte mit sich peristaltisch umkehrender Stimme: »Ursel« … (Ursula, meine Mutter) … »Ursel, dei Gänsi iss dess beste Gänsi, dess de je gemacht hast.« Ich habe diesen offenbar sinnlosen Satz zeit meines Lebens gehaßt. Heute spreche ich ihn J. zu Ehren bei jeder Weihnachtsgans, nach dem dritten Bissen und mit dem Messer wedelnd. Nur das Sich-Umkehren der Peristaltik gelingt mir noch nicht.

Mysteriös wird unsere Seelenverwandtschaft aber durch folgendes: mein stinkender, häßlicher, übrigens brutal-cholerischer, mir mit den Jahren in seiner Armut aber immer vertrauterer Onkel war der einzige in unserer Familie, der sich mit der Natur auskannte. Er konnte Vögel erkennen und schaute nebst Volksmusiksendungen am liebsten Natursendungen (heute würde er die ganze Nacht Fickwerbungen schauen, auf ihre Weise auch Natursendungen, die es damals aber noch nicht gab, Gott sei Dank).

Heute bin ich der einzige in der Familie, der Vögel erkennen kann. Volksmusiksendungen schaue ich allerdings noch nicht. Auch keine Fickwerbungen. Ich habe gar keinen Fernseher.

Das ist meine Heimat. Als mein Onkel starb, assistierte ich bei der Beerdigung. Die Sargträger waren natürlich betrunken. Das wäre mein Onkel an diesem Tag sicherlich auch gewesen, hätte er ihn erlebt.

Meine Heimat, eine Friedhofsheimat. Meine Familie ist eine Familie, die immer Grabsteine gemacht hat. Auch ihren eigenen.

J.s Name paßte allerdings nicht mehr auf die Familiengrabplatte. Er hat jetzt eine kleine Nebenplatte. Sie erinnert mich jedesmal an das eigenartige Badezimmer im Keller. Sein Bezirk.

Neulich las ich die Reise nach Petuschki und träumte von Gerhard Schröder

Neulich habe ich mal wieder die Reise nach Petuschki gelesen, mußte das Buch aber nach fünfunddreißig Seiten aus der Hand legen. Ich war einigermaßen schockiert. Ich hatte das Buch zuletzt vor, ich glaube, zwanzig Jahren gelesen und war damals völlig begeistert darüber, was da schon auf den ersten Seiten und am Kursker Bahnhof zusammengesoffen wird. Jetzt, bei der neuerlichen Lektüre, stellte ich das mal nach und wartete darauf, wann denn endlich die große Sauferei beginne. Da wird mal ein Bier getrunken, dann hundert Gramm Wodka, dann wieder hundert Gramm, dann trinkt man Rotwein, dann zwei Bier, und schon ist der nächste Morgen da (also so in etwa zumindest). Ich sagte mir auf Seite fünfunddreißig der Reise nach Petuschki, daß da bislang eigentlich mehr oder minder noch gar nichts getrunken worden ist. Aber vor zwanzig Jahren hatte ich gedacht, ich müßte nach dem Quantum der ersten fünfunddreißig Seiten schon längst tot sein. Ein alter Freund von mir, Jan P., der seit längerer Zeit in Rußland verheiratet ist, bestätigte mir auf telefonische Nachfrage, auch er habe sich bei neuerlicher Lektüre die Augen gerieben. Wie man sich irren kann! Damals (es war noch die Zeit, als Helmut Kohl, gerade Kanzler geworden, das Land bereiste und auch zu uns ins Festzelt kam) hatten wir wohl einfach nicht genau mitgezählt und uns vorschnell beeindrucken lassen von der Reise nach Petuschki. Am Telefon erzählte Jan P., wie er in Lettland, als er dort vor einigen Jahren Lehrer gewesen war, zusammen mit einer russischen Schuldirektorin mal »Kaffee auf die schwedische Art« getrunken hatte. Kaffee auf die schwedische Art besteht darin, einen Rubel in eine Kaffeetasse zu werfen, so lange Kaffee draufzuschütten, bis man den Rubel nicht mehr sieht, und anschließend so lange Wodka draufzuschütten, bis man den Rubel *wieder* sieht (geht auch mit einem Euro). Da hatten sie beide, der Freund und die Direktorin, allerdings schon zusammen eintausendeinhundert Gramm intus gehabt.

In der auf das Telefonat folgenden Nacht träumte ich von Gerhard Schröder, dem gegenwärtigen Bundeskanzler. Es war ein realistischer, allerdings ziemlich langweiliger Traum. Ich schob den Traum zunächst auf das Telefonat mit Jan. Jan hatte früher zahlreiche Träume gehabt, die für mich geradezu stilbildend wurden und in unserem Kreis Berühmtheit erlangten. Er hatte zum Beispiel einmal, als er Studienreferendar war, folgendes geträumt: Er wachte morgens auf, das Haus war still, die anderen schliefen, und er schlich sich um sechs Uhr früh hinunter, um in seiner kleinen Küche Kaffee zu trinken und zu frühstücken. Er machte also das, was er jeden

Morgen tat, aber an diesem Morgen befand sich bereits jemand in der Küche und saß da auf dem Eckstuhl, nämlich Thomas Mann. Thomas Mann trug selbstverständlich einen Anzug, eine Weste, Krawatte, aber er rauchte nicht, nein, er sprach. Was er sprach, daran erinnerte sich Jan P. schon am Morgen des Traums in keiner Weise mehr, aber er erinnerte sich an den Stimmton Thomas Manns, diesen überdeutlichen, exaltierten, zugleich opahaften Ton, der vor allem immer sehr belehrend klingt. Jans stärkste Erinnerung (bis heute; der Traum ist mindestens fünfzehn Jahre alt!) ist die leicht hängende, schlaffe Kinnpartie, Thomas Mann muß in diesem Traum mindestens siebzig gewesen sein und also vermutlich schon altersweise. Und nun zu einem anderen Traum Jan P.s. Dazu einige Vorbemerkungen. Jan ist nicht sonderlich groß und auch nicht ganz schlank. Er hat in Frankfurt studiert, Philosophie. Jürgen Habermas ist recht groß (größer als Jan P. auf jeden Fall), und er ist vergleichsweise schlank. Jan läuft also im Traum durch das Frankfurter Vorlesungsgebäude, wird dort von Habermas auf Höhe des Hörsaals römisch sechs, des größten und berühmtesten Hörsaals in Frankfurt, abgefangen, und Habermas ruft: Herr P., endlich! Sie müssen Ihre Vorlesung halten, ja haben Sie das denn vergessen? Also, hier ist der Saal ... (Habermas öffnet die Tür, im Vorlesungssaal befinden sich, wie Jan sieht, ausschließlich Frauen) ... und, Herr P., ruft

Habermas, vergessen Sie nicht: nur in Infinitiven reden, Sie verstehen! *Nur in Infinitiven!* Also wie gesagt, reden Sie *nur in Infinitiven!* Und daraufhin schiebt er meinen armen Freund in den Hörsaal voller Frauen, worauf Jan P. schweißgebadet aufwacht.

Mein Schröder-Traum fällt dagegen zugegebenermaßen etwas ab. Ich sitze mit einigen Freunden in einem holzgetäfelten Dachstübchen, einer Art Clubraum (ich habe diesen Raum nie zuvor gesehen; allerdings war ich ein- oder zweimal in Schröders Privatwohnung im Kanzleramt, das war immerhin auch ein Dachstübchen, aber nicht holzgetäfelt), wir reden über dies und das, und Schröder sitzt da in einem Sessel, trinkt Rotwein wie wir, redet auch irgend etwas und raucht Zigarren (im Gegensatz zu uns). Der Traum hat eigentlich keine Pointe, ich muß aber sagen, daß mein Traum das Schrödergesicht wirklich nervenaufreibend detailliert getroffen hat (diese zunehmend verwaigelnden Brauen, diese Ottfried-Fischer-hafte Gesichtsstarre). Eigentlich geschah nur eins: Schröder redete wie gesagt die ganze Zeit, wie die anderen auch, aber dann verloren wir die Lust und wollten woandershin (aus irgendwelchen Gründen, nicht wegen Schröder), und Schröder blieb sitzen und redete weiter, und aus diesem Sitzenbleiben und Weiterreden sprach irgendwie so eine Traurigkeit. Nicht mal Trotz. Er sprach, wie manchmal in meiner Schulzeit Mitschüler auf Pausenhöfen oder sogar während Schulfesten immer weiterquatschten (über Napoleon, über Hitlers Rußlandfeldzug, über das amerikanische Raumfahrtprogramm), und man ist ihnen ja gar nicht böse, man will es nur nicht hören, man bleibt aber dennoch stehen, weil es wirklich arme Hunde sind (sie haben keine Freundinnen, sie haben eigentlich nichts, sie haben nur Napoleon, den Zweiten Weltkrieg und das amerikanische Raumfahrtprogramm), also bleibt man zwei Minuten länger bei ihnen, als man es eigentlich ertragen könnte, und geht dann natürlich doch weg. So gingen wir auch. Schröder redete weiter und grinste dabei auch noch so komisch inhaltsleer, das ließ ihn noch trauriger aussehen. Ich sah seine Mundpartie, seine Kinnpartie, ich sah seinen erschlaffenden Hals fotoartig überdeutlich wie damals Jan den des altersweisen Thomas Mann in seiner Küche. Dann wachte ich mit doch einigermaßen zerschlagenem Schädel auf, blätterte die nächsten Seiten Jerofejew durch, stieß auf folgendes Getränk: 50 g »Weißer Flieder«, 50 g Antifußschweißpuder, 200 g Shiguli-Bier und 150 g Spritlack, rief Jan in Rußland an und fragte, ob er wisse was »Weißer Flieder« sei und ob er diese Mixtur einmal ausprobiert habe. Er verneinte beides. Ich erzählte ihm von meinem Traum, und erst da begriff ich, daß Schröder am Vortag ja Neuwahlen angekündigt hatte, als letzten Rettungsversuch für seine Kanzlerschaft.

Ob diese Zeilen eine abschließende Würdigung des Kanzlers sind, weiß ich nicht, da muß man noch auf den deutschen Wähler warten. Aber es war vermutlich die einzige je sich bietende Gelegenheit, Wenedikt Jerofejew, Thomas Mann, Habermas und Gerhard Schröder gemeinsam in einer Kolumne unterzubringen.

Neulich war ich im Forsthaus Winterstein

Neulich war ich im Forsthaus Winterstein. Das Forsthaus Winterstein ist nicht zu verwechseln mit dem Jagdhaus Ossenheim (siehe vorletzte Kolumne). Das Jagdhaus Ossenheim ist nicht mehr das, was es einmal war. Früher ging ich dort nicht selten hin, trank Schnaps und aß sogar bisweilen einen Schwarzwaldbecher, der Wirt saß im Rollstuhl an seinem eigenen Stammtisch, und durch den Wirtsraum zog ein recht muffiger Speisegeruch. Die Bedienung, deren Namen ich nie kannte, war über Jahrzehnte dieselbe und hatte eine geradezu asymmetrisch wirkende Oberweite. Wahrscheinlich sind alle inzwischen tot. Das Jagdhaus Ossenheim ist heute eines der hiesigen Edelrestaurants, Palmkübel stehen jetzt dort herum, wo früher Hirschgeweihe hingen, man ißt Dinge an Fonds, trinkt Wein (!), und als ich einmal einen Handkäse dort aß, wurde er von Flamencomusik begleitet. Mitten in der Wetterau und genau da, wo wir unseren Wäldchestag feiern, der für uns das wichtigste aller Feste ist und das schönste, denn außer am Heiligen Abend betrinken wir uns nie so sehr wie am Wäldchestag.

Also, das Jagdhaus Ossenheim, zu dem man heute wieder hingehen kann und wo man endlich ordentlich essen kann, ist nicht mehr. Wo man wieder hingehen kann, gehe ich nicht mehr hin. Das hat sich als eine der Grundregeln meines Lebens herausgebildet. Als in Friedberg auf der Kaiserstraße das Wiener Café zumachte (in dem ich die ersten Worte meines Lebens geschrieben hatte, übrigens schon damals so ähnlich wie hier in der Rubrik *Neulich*, ein nicht so schockierendes Wort wie *Einstmals*) und wenige Monate später als italienisches Eiscafé wieder eröffnet wurde, stürzten die Friedberger plötzlich in es hinein, ich habe es seit damals nur noch einmal betreten, nämlich als ich mich vor kurzem dort mit Peter Kurzeck getroffen habe, der aber auf meine Bitte hin, den Ort zu wechseln, sofort bereitwillig aufstand und mit mir in die Dunkel ging, wo er ein unglaublich großes Schnitzel verspeiste. Die Dunkel ist auch so ein Kapitel für sich. Die Dunkel und die Schillerlinde sind meine beiden Friedberger Stammwirtschaften, die Schillerlinde, von uns liebevoll die Linde genannt, hat schon seit sieben Jahren geschlossen, der Wirt hatte den schönen Namen Rausch, und ich erinnere mich an den letzten Abend und wie ich anschließend draußen auf der Straße unter Tränen zusammenbrach, weil ich es mir nicht vorstellen konnte, daß es die Linde nicht mehr geben sollte. Es gibt sie nicht mehr.

Drei Jahre später war die Dunkel dran. Die Dunkel ist in einem alten, gotischen Haus untergebracht, einem der ältesten in ganz Friedberg. Der Wirt dort war jemand, den ich wohl als Wirt meines Lebens bezeichnen muß. Dieter Jäckel im Deutschen Haus (Bad Nauheim) und Frau Hanauske vom Gemalten Haus (Frankfurt, Schweizer Straße) mögen mir das verzeihen, aber Karl Gerhard Harth, fünfundzwanzig Jahre Wirt in der Altdeutschen Bierwirtschaft Zur Dunkel in Friedberg in der Wetterau, hat mein Bild davon, was ein Wirt ist, so nachhaltig geprägt wie niemand sonst. Von der knappen Begrüßung durch Laute (*ei!*) bis hin zum unaufgeforderten Hinstellen des Bieres (es lag ein Ernst in dieser Handlung, als habe der, der das Bier hingestellt bekommt, eben einen Krieg da draußen erlebt, und jetzt ist der Krieg vorbei, eben genau mit der Handlung des Bierhinstellens), von der totalen Kontrolle des gesamten Wirtsraums aus den Augenwinkeln bis hin zu dem keinen Widerspruch duldenden Regiment, das er über sein Reich ausübte (stets den Holzknüppel hinter dem Tresen), er war das Urbild. Und er war mächtig von Statur und trug eine Schürze. Ein Mann, nicht zu denken ohne den Dunkeltresen davor. Als er aufhörte, weinte ich natürlich auch. Überhaupt, ich habe in den letzten zwanzig Jahren nur geweint, wenn irgendwelche Kneipen zugemacht haben. Das läßt tief blicken.

Mit der Dunkel hat es, wie gesagt, eine besondere Bewandtnis. Karl Harth hat später eine neue Kneipe angefangen, die ich beharrlich bei mir »Die Dunkel«

nannte, obgleich sie »Zur Loreley« hieß. Karl Harth wurde dort nicht glücklich, und ich auch nicht. Es dauerte auch nur eineinhalb Jahre. Natürlich konnte ich diese neue Wirtschaft Karls nur deshalb »Die Dunkel« nennen, weil ich die eigentliche Dunkel, die einen neuen Pächter bekam, nicht mehr betrat, und einfach, weil Karl für mich die Dunkel war.

Ich konnte nicht einmal zur alten Dunkel hinüberschauen, wenn ich auf der anderen Straßenseite vorbeilief. Dann aber, eines Tages, betrat ich sie doch. Ich wollte nur einen Blick hineinwerfen. Der Wirt, den ich überhaupt nicht kannte, begrüßte mich sofort mit *Servus Andi*. Keine Ahnung, woher er meinen Namen wußte. Jetzt gehe ich wieder in die Dunkel, wie früher, stehe wieder am Tresen und trinke das Bier, das immer noch so gut ist wie früher, aber wenn ich einmal ein Greis und dement sein werde, werde ich, wenn die Erinnerung in vergangene Zeiten und in die Dunkel zurückflackern wird, dort hinter dem Tresen völlig selbstverständlich Karl Harth sehen, den alten Wirt. Es ist eine Kombination für die Ewigkeit.

So geht die Welt langsam zugrunde. Meine Heimat wird jetzt zu einer Ortsumgehungsstraße, unser Kurpark wird durch die Landesgartenschau vernichtet, niemand trinkt mehr Apfelwein, und ich sitze, mit neununddreißig offenbar schon vergreist und zum alten Eisen und zur alten Welt gehörend, irgendwo mitten im Nichts einer mir nicht mehr verständlichen Umgebung, durch die ich desorientiert tappe und die, wie zum Hohn, immer noch Bad Nauheim und immer noch Wetterau heißt.

Und so kam ich neulich auf der Suche nach dem, was einstmals war und vielleicht noch ist, nach über dreißig Jahren auf den Winterstein und zum Forsthaus. Ich wohne nur sechs oder sieben Kilometer vom Forsthaus entfernt, aber ich hatte lange sogar vergessen, daß es das Forsthaus überhaupt gibt. Ich bin dort früher auch nie aus eigenem Antrieb hingegangen, ich war ja ein Kind. Alles das ist so unglaublich lange her, es war die Zeit, als im (nächste Gastwirtschaft) *Waldhaus* in Bad Nauheim noch gutbürgerliche Küche gekocht wurde, als dort noch mein Großvater zum Dämmerschoppen hinging (seit Jahrzehnten ist da jetzt ein Italiener, der am Wochenende Jazzmusik macht, zum Erschrecken aller Waldvögel und wohl auch der Füchse und Hasen dort). Schon vor fünfundzwanzig Jahren bekam man im Waldhaus nur noch *bistecca a la gorgonzola* und dergleichen, und zehn Jahre vorher waren es noch Krautwickel gewesen.

Das Waldhaus und das Forsthaus und das Jagdhaus ... das waren die ersten Jahre meines Lebens.

Ich ging also zum Winterstein und sagte mir, mal sehen, ob du das Forsthaus noch findest. Ich mußte eine Weile suchen, und je länger ich suchte, desto klarer wurde mir, daß ich eine Ruine vorfinden würde. Wie war ich überhaupt auf den Gedanken gekommen, es könne noch stehen oder gar noch bewirtschaftet werden? Oder würde mich eine postmoderne Glasstahlkonstruktion erwarten mit deutschen Edelbränden (aus der Region) und Knoblauchbauernbrot an Bärlauchjoghurt?

Nach einer Weile fand ich es. Es sah nicht heruntergekommen aus, wirkte aber unbewirtschaftet. Dem Schild, es habe von Mittwoch bis Freitag ab vierzehn Uhr geöffnet und am Wochenende auch, schenkte ich keinen Glauben (es war mittwochs gegen 13.20 Uhr). Auf der ergrauten Speisekarte standen genau die drei Dinge, an die ich mich noch gut erinnern konnte, Handkäse, Käsekuchen, Schnitzel mit Brot. Ich wollte mich abwenden, denn das Haus stand ja offensichtlich leer. Dann allerdings ging oben ein Dachfenster auf, ich hörte einen Hund bellen, und ein sehr alter, gebeugter, glatzköpfiger Mann im Unterhemd kam zum Vorschein. »Hawwe Sie heut noch geöffnet?« rief ich und erkannte in dem Mann den alten Besitzer aus unvordenklichen Zeiten. Was für eine schwachsinnige Frage, dachte ich schon in dem Moment, als ich sie stellte. »Naa«, rief der Mann. Naa heißt bei uns soviel wie nein. Das war ja auch zu erwarten gewesen. Er schien überdies schlecht zu hören. »Öffne Sie nett mehr?« fragte ich. »Naa, naa«, rief der Mann und schüttelte langsam den Kopf.

Also nein. Auch hier aus. Ende. Kein Forsthaus mehr. Die Lieblingswirtschaft meines geburtsbehinderten und jagd- und waldfanatischen Onkels J.

Es wäre auch zu unglaublich gewesen, daß nach dreißig Jahren …

»Naa …«, rief der Mann noch mal, und ich drehte mich um.

»… heut nett vor zwo.«

Ich ging im Wald spazieren, in der Mitte meines Lebens wie Dante (fast vierzig wie er damals), und eine Dreiviertelstunde später betrat ich den fernsten Ort, den es gibt. Meine eigene Vergangenheit. Deutschland im Jahr 1970. Ein Land vor der Sesamstraße, ein Land, in dem die Menschen noch hauptsächlich Krautwickel aßen und in dem es noch dementsprechend roch. Ein Land, dem der erste Verkehrskollaps und die ersten Stauwellen noch bevorstanden. Ein Land ohne Ortsumgehungsstraßen. Wo die Kühe noch Koi hießen und mein Dialekt noch existierte und für alle unverständlich war. Die Zeit meines Onkels. Als man noch ins Bahnhofsbordell ging und ins Kino dort. Als man noch Korn und Dornkaat trank und keine Vogelbeer- oder Stechpalmen-Edelbrände (aus der Region). Ein Land, fünfundzwanzig Jahre nach Adolf Hitler. Ein Land, noch voll von Pißrinnen und Brechbecken aus seiner Zeit. Als die Autos noch braun lackiert waren wie früher die Uniformen und die Amerikaner noch verehrt wurden und die deutschen Mädchen sich in Gasthaushinterstuben kollektiv mit den Soldaten trafen, als seien diese eine bessere Welt und entstammten einer solchen. Als der erste Hamburger die größte Sensation war und Deutschland noch besetzt und man sich noch darum stritt, ob es nun befreit oder besiegt heiße. Ein Land, in dem unsere heutige Vergangenheit noch Fortschritt hieß und von allen erwartet wurde, als fange das eigentliche Leben erst in der Zukunft an oder als habe es nur in der Vergangenheit stattgefunden und seitdem nicht mehr. Auch mein Onkel hatte ein SA-braunes Auto. Damals kam er mit ihm immer hierher. Hierher, zum Forsthaus Winterstein, das ich nun betrat.

So trat ich ein vom *neulich* ins *einstmals*.

Mein Onkel schaute jeden Großen Zapfenstreich im Fernseher, den man damals noch im Schrank versteckte wie heute nur noch in Edelhotels. Amerikanische Militärkapellen mochte er nie, das war mir früher nie aufgefallen. Und Luis Trenker mochte er, obgleich der ja Südtiroler war, also Italiener. Er liebte Bergsteigerfilme und Försterfilme, amerikanische schaute er nie. Während die anderen schon in den Straßen von San Francisco waren, war er noch in der Försterhütte vom Silberwald. Mein Onkel mit dem braunen Wagen fuhr noch zum Winterstein, als wir auch schon längst beim ersten Türken in Friedberg saßen und unglaublich fanden, wieso die Deutschen nicht eine so frische, leichte Küche haben konnten wie dieser Türke, sondern nur Krautwickel und dergleichen. Das Lokal hieß Merhaba, und der Wirt hieß Ali. Damals, als es noch gar keinen Dönerspieß gab, denn unser Wirt hatte ihn noch nicht nach Friedberg mitgebracht, sondern bloß herrliche Champignons in Rahm und Rosmarin oder Oliven, die wir gar nicht kannten. Ich ließ zeitweise mein halbes Taschengeld bei ihm, es war natürlich auch eine Form des Widerstands, übrigens nicht nur gegen die Krautwickel, sondern eigentlich gegen die gesamte Kindheit. Ich habe als Kind diese ganzen Toiletten aus der Nazizeit nicht ertragen, und schon gar nicht konnte ich neben deutschen Männern stehen und mit ihnen in die deutschen Pißrinnen pissen. Alles das war furchtbar und wurde mit der Zeit doch immer weniger furchtbar, obgleich es ja furchtbar ist, aber alles andere ist auch furchtbar, und am furchtbarsten ist das, was versucht, nicht furchtbar zu sein, sondern gut oder sogar besser und vor allen Dingen anders, als sei nur alles übrige schlecht oder gar furchtbar, und besonders die Krautwickel, die in Wahrheit immer so gut waren wie Alis Champignons mit Rosmarin und Rahm. Mein erster Türke mußte irgendwann untertauchen, polizeilich gesucht, ich sah ihn Jahre später noch einmal in einer Kneipe, er zwinkerte mir verstohlen zu und verschwand durch eine Hintertür. Heute haben die Türken in Friedberg den Fünffingerplatz als Lebensort, dort, wo früher das Merhaba war, das einige Jahre zuvor noch *Chez Nous* geheißen hatte und ein Bordell gewesen war, direkt neben dem alten jüdischen Ghetto, von dem nichts mehr existiert. Die letzten Juden, die heute jüdische Mitbevölkerung heißen, waren in der Sporthalle einer Schule, die ich auch einmal besucht habe, in einem ehemaligen Augustinerkloster, zusammengetrieben worden, dann wurden sie deportiert, ein Wort, das kurz zuvor bei uns wahrscheinlich noch gar nicht bekannt gewesen war. Und anschließend gingen sie sicherlich (nicht die Deportierten, die anderen) in die Dunkel oder in die Schillerlinde oder ins Jagd- oder Wald- oder Forsthaus, wo damals vielleicht sogar schon mein Onkel saß als Bub. So hängt alles wie immer untrennbar mit allem zusammen, wie ein einziger Ort, der nicht umgangen werden kann, wie etwas Unumgehbares, obgleich sie doch Friedberg und Bad Nauheim und die ganze Wetterau inzwischen umgehen wollen mit ihren Ortsumgehungsstraßen, in die sie langsam alles verwandeln, bis nichts mehr übriggeblieben ist, als müsse man alles tilgen, als müsse alles umgangen werden wie ein Problem, obgleich doch nichts voneinander zu trennen ist, weil nur alles zusammen wahr ist und nichts ohne das andere, und so betrat ich das Forsthaus Winterstein als den Ort, an dem alles noch da ist, und auch, was an diesem Ort nicht da ist, ist an ihm da, eben weil es nicht da ist, weil es noch gar nicht dort angekommen ist oder immer von ihm ferngehalten wurde, aus welchen Gründen auch immer, und das erste, was ich tat, war einen Dornkaat zu trinken, und er war fürchterlich, wie immer. Schlechter als jeder Edelbrand (aus der Region).

Neulich ist mir ein Stipendium zugesprochen worden

Neulich ist mir mal wieder ein Stipendium zugesprochen worden, ich sage jetzt nicht wo. Gerade packe ich die Koffer. Und jetzt werde ich mal erzählen, wie es wirklich bei so einem Stipendium zugeht. Man wird ja dauernd gefragt: An was arbeiten Sie gerade, Herr Maier? Haben Sie schon ein neues Romanprojekt, Herr Maier? Freuen Sie sich auf den Aufenthalt in unserer Stadt / unserem Dorf / unserem Land / in Berlin / Rom / Moskau? *Zum einen:* Ich arbeite an gar nichts. Ich habe noch nie während eines Stipendiums gearbeitet und werde es auch nie tun, weil ich nämlich nur zu Hause arbeiten kann und sonst nirgends. Ich war ein halbes Jahr in Wiepersdorf in Brandenburg und habe dort etwa zehn Seiten geschrieben, ich war elf Monate im Wendland in einem winzigen Dorf und habe dort etwa dreißig Seiten geschrieben, dafür aber einhundertzwanzig vorher zu Hause geschriebene wieder vernichtet. Ich war vier Monate in M*** und habe dort kein einziges Wort geschrieben, ich war sechs Wochen an der Ostsee und habe dort kein einziges Wort geschrieben, ich war einige Wochen in Potsdam und habe dort mein Stipendiengeld unmittelbar und ohne Verzug in sämtliche umliegende Kneipen getragen, ins Backstoltz ebenso wie ins Lewy, ins Badische Weinkontor ebenso wie ins alte Café Heider; *summa summarum*: Ich habe in fünfundzwanzig Monaten Stipendium insgesamt minus achtzig Seiten geschrieben. Das ist die Wahrheit, denn in diesen Kolumnen hier geht es unbedingt immer um die Wahrheit. Wenn ich nun ausrechne, daß ich in fünfundzwanzig Monaten Stipendium etwa 20000 Euro bekommen habe, dann macht das für jede vernichtete Seite 250 Euro. Grandios! Ob das den Stipendiengebern wirklich klar ist? Thomas Bernhard, der meistgeförderte Autor, den es in Österreich je gab und der in seinen Sätzen auch immer mehrfach das Wörtchen Wahrheit verwendete, sagte einmal, wer gefördert werde, gehöre umgebracht. Vielleicht hat er auch gesagt: Jemanden fördern heißt ihn künstlerisch ruinieren. Irgend so etwas hat er, glaube ich, mal geäußert. Er hat auch gesagt, daß er überhaupt nie eine Förderung bekommen habe, das hat er so ausgehungert auf einem Sofa sitzend im Fernsehen kundgetan und daraufhin wahrscheinlich ein lebenslanges Staatsstipendium angetragen bekommen. Aber Bernhard hätte, um sich völlig zu vernichten, viel schneller arbeiten müssen als ich. Wenn man Bernhards Werk auf zehntausend Seiten schätzt, müßte er schon ein Stipendium für etwa dreitausend Monate bekommen haben, um es wieder aus der Welt zu schaffen, was ja, wie ich vermute, Endzweck jedes Stipendiums ist. Bernhard hätte also bei diesem Tempo etwa bis ins Jahr 2250 leben müssen. Wie schade, er ist schon tot. So bleibt er uns erhalten. Bernhard, ewiges Beispiel eines nicht zu Tode geförderten, sondern freiwillig vorher gestorbenen Autors. *Zum anderen:* Also was macht man denn nun während eines Stipendiums, wenn man schon nichts macht und offenbar nur säuft? Nun, natürlich Sex haben. In Wiepersdorf saß ich am ersten Abend im sogenannten Pferdestall mit einer Berliner Bildhauerin, deren Namen ich nicht nenne, und was sie (sie war schon seit einigen Monaten an diesem Ort) zuallererst berichtete, war – ein klassisches Wiepersdorf-Zitat –: »Die Liebe ist sehr laut im Pferdestall.« Sie meinte damit die dünnen Wände zwischen den Appartements. Ein anderes klassisches Wiepersdorfzitat, gegeben von einem Potsdamer, ebenfalls lieber unbenamt: »Wiepersdorf hat noch in jedem Leben den totalen Biographiebruch bedeutet.« Ja, damals sagte er das noch ganz triumphal über andere, denen das Privatleben zerbrochen war wegen der hohen Koitalquote im Pferdestall, aber drei Jahre später kam seine eigene Freundin nach Wiepersdorf, und zwei Monate später war er selbst abgeschossen, der arme Potsdamer Schwan. Von den Ostseedünen (und was da geschah) möchte ich gar nicht reden. Nein, das Thema Stipendiumsex führe ich jetzt nicht weiter aus, das wäre wirklich peinlich für alle Beteiligten, ich möchte auch nicht über die morgendlichen

Rotkäppchen-Sekt-Lieferungen in Wiepersdorf reden (da kamen ganze Laster angefahren, im Wendland dagegen tranken wir Aquavit), und auch nichts von dem Ironiker, der jeden Morgen im Hinterhof die DDR-Fahne hißte (Fahnenappell bei Wodka und Fisch, hieß es dann immer, Polen waren auch dabei). Ich könnte über all das noch sehr viel länger und ausführlicher berichten, das würde sicherlich all die, die da nie hindürfen, zuhöchst interessieren, aber man muß auch nicht alles wissen, und ich muß jetzt meine Koffer weiterpacken.

Neulich auf der Himmelsleiter

Neulich auf der Himmelsleiter, das ist die steile Stiege zum Kapitol hinauf, habe ich mich an mein erstes fundamentalreligiöses Erlebnis erinnert, mit sieben, da war ich schon seit Jahren ein erfahrener Gottesdienstverweigerer. Mit drei Jahren habe ich den Kindergarten verweigert, mit vier die Kirche, aber katholisch war unser Haushalt dennoch, also fiel ich mit sieben urplötzlich und wie vom Schlag getroffen auf der Kellertreppe auf die Knie (ich hatte da unten im Keller meinen Bastelraum und baute gerade einen Revell-Stuka zusammen, betörend großer Maßstab, man konnte dem Piloten sogar Augen malen, nur leider wurden damals schon wegen irgend so eines neuen Gesetzes keine Hakenkreuze mehr mitgeliefert, was ich als Kind nie verstanden habe), ich fiel also auf dieser Kellertreppe auf die Knie und fing plötzlich an zu beten, mehr noch, ich weinte. Das kam ganz plötzlich. Ob ich allerdings wirklich weinte, weiß ich nicht mehr so genau, vielleicht hatte ich auch für kurze Zeit die Besinnung verloren (wie ein Stuka-Flieger beim Sturzflug; zu trinken fing ich erst einige Jahre später an). Also, ehrlich gesagt muß ich da heute sogar manchmal an Paulus denken: Der stürzte, da war er noch Saulus, vom Pferd (ich auf die Treppe) und war blind für eine Weile (ich vielleicht sogar besinnungslos), aber ich war zu jung und die Amtskirche bereits voll entwickelt.

Im Religionsunterricht ging es eigentümlich zu. Unsere Lehrerin hieß Adelheid, sie war zwar keine Schwester (ein heutzutage auch etwas doppeldeutiger Begriff), aber dennoch mußten wir sie mit Vornamen ansprechen. In ihrem Glauben herrschte eine gewisse Brunst. Sie lehrte uns, es war 1975, keinesfalls unseren Glauben zu verleugnen, wenn wir (jetzt wörtlich:) den Heiden in die Hände fallen, die uns kochen wollen. Dann kämen wir nämlich sofort in die Hölle. Wir malten Bildchen dazu, das war Aufgabe. Christen im Topf, wie sie gekocht werden. In die Hände der Heiden malte der größte Teil der Klasse Krummsäbel, und die im Topf waren alle blond. Ach ja, »Ausländer« (ein Wort von damals) hatten wir nur einen an der Schule, der war damals noch ganz schön fremd. Der kam von weit her. Aus Italien. Er hieß Claudio. Schwarzhaarig. Aber schon Christ.

Daß es bei uns später auch einmal schwarzhaarige Iraner und schwarzhaarige Pakistaner und dergleichen mehr schwarzhaarige Christenkocher geben könnte, das wußte die Bundesrepublik damals ja noch gar nicht und vor allem nicht, daß schon dreißig Jahre nach dem einsamen Italiener an unserer Schule namens Claudio der gesamte Islam, die Kochtöpfe wienernd, vor unserer Haustüre und eigentlich schon im Wohnzimmer stehen würde. Claudio war damit irgendwie, obgleich wie gesagt bloß Italiener und schon Christ, dennoch der Vorbote der großen Schlacht um das neue Konstantinopel, also um unser schönes Europa, kurz, um die zivilisierte Welt.

Später ging ich ab und an in den Gottesdienst. Den lieben Gott mochte ich inzwischen ganz gern, er ist bekanntlich die einzige Wahrheit, und das ist ja auch nicht schwer zu begreifen, aber die Gemeinde ging mir sehr auf den Senkel, und vor allem der Pfarrer. Da der Pfarrer seine Gemeinde nicht verlieren wollte, sagte er seinen Gemeindemitgliedern nicht, was er von ihnen hielt. Er funktionierte also in etwa wie das deutsche Fernsehen. Da beschloß ich, nicht mehr hinzugehen, bevor sich nicht die Gemeinde geändert habe, worauf ich bis heute warte. Meinen Fernseher meldete ich ebenfalls ab. Ich war damals dreiundzwanzig.

Später lernte ich die Familie Hesselbach kennen. In der Tat ist Herr Hesselbach (neben dem Jesus des Matthäusevangeliums) eines meiner unabdingbaren literarischen Vorbilder, auch wenn es sich um eine Fernsehserie handelt. In jeder Hesselbachfolge führt jedes Gespräch ins totale Chaos, da fühlte ich mich endlich zu Hause. Herr Hesselbach ist Inhaber einer Zeitung in einer kleinen Stadt irgendwo im Hessischen, die meiner Heimatstadt verdächtig ähnelt (Wolf Schmidt, der Erfinder, Drehbuchautor und

Schauspieler der Figur Hesselbach, kommt wie ich aus Friedberg in der Wetterau). Vielleicht hat ja da draußen in der weiten Welt, die gern so etwas wie Joyce liest oder das Feuilleton großer Zeitungen und nicht aus Friedberg stammt, nie jemand Wolf Schmidt verstanden, aber ich. Für mich folgen die Sätze Wolf Schmidts in ihrem Wahrheitsgrad unmittelbar auf die Sätze im Matthäusevangelium, meinem Leib- und Magentext. Warum aber schätze ich das Matthäusevangelium und die Familie Hesselbach so, und warum waren beide so stilbildend für mich? Nun, natürlich deshalb, weil ich cholerische Schimpfreden über alles liebe. Jesus schimpft ganz ungemein im Matthäusevangelium, und er pflegt dort eine geradezu genialische Art des Plattredens. Er redet seine Gegenüber permanent platt durch Satzkonvolute, die in hohem Tempo aufeinanderfolgen und denen kein Zuhörer je auch nur annähernd zu folgen in der Lage wäre, auch nicht die Apostel. Jesus war ein Genie und der größte Philosoph, den die Welt je gesehen hat. Einstein, den Physiker, versteht ja auch niemand von uns, also wieso sollte man Jesus, immerhin Gottes Sohn, verstehen?

Ziemlich angemessen hat das Pasolini in seinem Matthäusfilm wiedergegeben, sein italienischer Jesus redet wie ein Maschinengewehr, man schaue sich das mal im Original an. Der schafft die Bergpredigt in drei Minuten. Keine Chance zu folgen, aber sehr überzeugend vorgetragen. So habe ich mir Jesus schon immer vorgestellt, auch damals auf der Treppe auf dem Weg zu meinem Sturzkampfbomber.

Herr Hesselbach ist kein solcher Misanthrop wie Jesus, aber auf dem Weg dorthin. Herr Hesselbach sagt zum Beispiel einmal: Die Wahrheit ist immer die schlimmste aller Beleidigungen. Und unser Pfarrer in Friedberg wollte diese Beleidigung nicht vornehmen. So verlor er eines seiner Schafe, mich.

Schließlich trieben mich die Metaphysik und die Transzendenz in die Literatur, auch wenn das bislang noch gar niemand bemerkt hat. In meinem letzten Roman wurden sogar öffentlich Kreuze umhergetragen (das war für manche ein geradezu beängstigender Beitrag zur literarischen Selbstenthypung). Und so kam ich als Deutscher schließlich hierher nach Rom, wo schon August Goethe starb, namenlos und vom Fieber ergriffen, und neulich also stieg ich auf die Himmelsleiter, dachte an meine Kellertreppe, meinen Stuka, meine Religionslehrerin, dann dachte ich an meinen lieben Gott und den Herrn Hesselbach, und anschließend dachte ich an Herrn Keul, den verantwortlichen Redakteur dieser Zeitung, und schrieb sofort diese Kolumne.

Neulich schwamm ich ins Meer hinaus

Neulich schwamm ich ins Meer hinaus, es war klar und blau und der Himmel war weit und hell (Sabaudia), dann stieg ich auf den Felsen der Kirke (Monte Circeo), blickte nach Süden und widmete mich meinen üblichen Weltbetrachtungen (Gott, Mensch, Natur, ich, ja, nein, Sünde, Heil; was nie vorkommt: kosmologische Erörterungen, dafür war immer meine Mutter zuständig; sie saß zu Hause stets in einem kleinen Raum und arbeitete Jahr um Jahr an einer kosmologisch-theologisch-physikalischen Welterklärungsschrift, augenscheinlich in der Nachfolge Teilhard de Chardins, wenn der heute noch jemandem etwas sagt. Da war immer alles sehr kompliziert, da gab es sogar Formeln).

Auf dem Monte Circeo gibt es ein Fischrestaurant, da aß ich Muscheln. Anschließend hatte ich einen unglaublichen Sonnenbrand.

Dann fuhr ich nach Deutschland, um, wie wir es in der Villa Massimo nennen, zu »verblassen«. Ich kam in ein Land, in dem die Menschen froren, ich auch. Odysseus suchte hier oben im Norden das Totenreich.

Eben komme ich aus Berlin. Mein Verlag, der Suhrkamp Verlag aus der Frankfurter Lindenstraße, veranstaltete dort eine Matinee zu Brecht, da lasen die jungen Suhrkampautoren, die Hälfte davon schon in Ehren ergraut (wie ich, selbst mein Bart wird langsam weiß).

Brechts Tochter war da, die war noch älter. Ich las Gedichte über das Ficken. Bertolt Brecht hat wirklich sehr viele Fick-Gedichte geschrieben, in ganz einschlägigen Rhythmen, etwa so:

»Wie konntest du dich nur in so was schicken! / Das Wort für das, was du da tatst, war:«

Das letzte Wort fehlt und wird vom Publikum dann meist im Chor ergänzt, worauf sich lockere Bierzeltatmosphäre breitmacht.

Anschließend wurde mir gesagt, ich hätte während der 90minütigen Matinee auch alle fünf Minuten aufstehen und jeweils einmal laut »Ficken!« rufen können, das wäre auf dasselbe herausgekommen. Brechts Tochter lobte uns alle und meinte, dem Papa hätte es gefallen.

So war ich heute Brechts Schwanz, im Berliner Ensemble.

Auf der Hinfahrt nach Berlin, also gestern, hatte ich zwei Liter Apfelwein dabei, aus dem Gemalten Haus in Frankfurt auf der Schweizer Straße. Ich trank einen Teil davon, dann ging ich zum Rauchen ins Bordbistro. Der Kellner hinter der Theke fragte, was ich wolle. Nichts, nur rauchen, sagte ich. Er: Das sei hier ein Bordbistro. Die Raucherabteile seien hinten. Gut, sagte ich, dann trinke ich ein Bier. Der Kellner stellte mir das Bier hin und sagte, er habe vor achtzehn Jahren mit dem Trinken aufgehört.

Das saß.

So kam ich nach Berlin und fror. Als der Zug außerplanmäßig auf den Gleisen des Bahnhofs Zoo zum Halten kam, wie früher immer, johlte die gesamte Berliner Zugbelegschaft (»Mann, kieck mal, det jiebts doch jar nich, höhö, der Zug hält ja anne Zoo«). Dann sah ich den neuen sogenannten Berliner Hauptbahnhof. Ganz toll. Wirklich. Kompliment. Überhaupt, Friedrichstraße, die ganzen Einsteincafés und Balzaccafés und überhaupt alles da und auch die Leute, da bin ich jedesmal richtig froh, daß es Berlin gibt. Ja, ich bin wirklich froh, daß da alle hingehen können, die das wollen!

Neulich habe ich eine Kolumne geschrieben, in der ich behauptete, bei jedem Stipendium vernichtete ich Seiten von mir und ließe mir pro Seite ca. 250 Euro ausbezahlen (ich glaube, es waren 250). Das gab wirklich böse Reaktionen. Bewunderung dagegen bekomme ich noch heute für meine drei Selbstmordversuche gezollt (Rede zum Candide-Preis 2004). Erst hatte ich mich, laut Rede, von einem Felsen gestürzt, dann war ich in die Ostsee gegangen, schließlich hatte ich mir einen zehn Zentimeter langen Dolch in die linke Brusthälfte gerammt, bis zum Ansatz, allerdings ohne merkbare Wirkung.

Damals begegnete ich jemandem auf dem Gang des

Suhrkamp Verlags, der mich beiseite zog und sagte: Herr Maier, man muß doch nicht alles öffentlich machen!

»Öffentlich machen«, ein Wort von beeindruckender grammatischer Doppelbödigkeit. Und das auf den Gängen meines Verlags.

Im Berliner Ensemble erinnerte ich mich, wie es tags zuvor im Bordbistro weitergegangen war. Der Kellner (Hesse) zündete sich eine Zigarette an und hielt einen Monolog, etwa so: »Das lief nicht so, mit drei, vier Bierchen am Abend und mal nur so in die Kneipe, nee, das ging nicht unter einer Flasche Asbach, dann kam die Entziehung, sechs Monate, vorher Abschied gefeiert, in München, alle Kneipen durch, dann nach Dortmund, Abschied gefeiert, alle Kneipen durch, dann wieder München, noch mal Abschied gefeiert, dann haben die mir das Blut abgezapft, und der Arzt sagte am nächsten Tag, ich hätte 4,8 gehabt, hätte er das gewußt, hätte er mir mehr als die drei Liter abgenommen, habe dann aufgehört und bin Suchthelfer geworden, so ganz im Privaten, habe so einen Fragenkatalog entwickelt, geht ganz schnell, nur ein paar Fragen, muß man aber ehrlich sein, ehrlich zu sich selbst, war ich nie ...« Usw. Usw. Dabei rauchte er eine Zigarette nach der anderen.

Nachts im Hotel schaltete ich den Fernseher ein, es lief *Shining*. Ich schaltete genau an der Stelle ein, an der die Frau vor dem riesigen Schreibtisch steht und das »Manuskript« aufschlägt. An diesem Manuskript arbeitete ihr Mann bekanntermaßen intensiv Tag und Nacht, sie sah aber, daß auf allen hunderten Seiten immer nur ein und derselbe Satz stand. Kurze Zeit danach greift Jack Nicholson zur Axt. Dennoch schlief ich gut. Mir fiel der Film erst wieder ein, als mich am nächsten Tag meine Verlegerin fragte, ob ich arbeitete. Vorsichtshalber bejahte ich.

Zeitgleich zur Brecht-Matinee machte der Suhrkamp Verlag einen Betriebsausflug. Die Frankfurter in der großen Stadt! Mir wurde ganz warm ums Herz, als ich so viele Leute aus unserem kleinen Ort hier in Berlin sah, am BE! Bei Arnold Stadler singen die Schwackenreuther aus Angst im Bus ihre Lieder, wenn sie in die Welt hinausfahren. Der Suhrkamp Verlag jedoch war mit dem ICE gekommen. Während der Fahrt sei nicht gesungen worden, heißt es.

Nun ist früher Morgen, ich sitze da und friere. Vor meinem Fenster steht eine einsame Blume, die die Unwetter dieses deutschen Sommers überstanden hat. Ich denke an jenes kleine Zimmer zurück, in dem meine Mutter gesessen hatte, um ihre Welterklärung zu verfassen (niemand hat ihre Manuskripte je angerührt, anders als in jener Shining-Szene). Später, mit siebzehn, achtzehn Jahren, hatte ich da auch gesessen und, ich erinnere mich genau, Heidegger zu lesen versucht. *Sein und Zeit*. Ich schaute damals wie heute aus dem Fenster hinaus, dort war ein kleines

Flüßchen, die Usa, und verstand kein Wort. Später fing ich selbst an zu schreiben. Bis heute bevorzuge ich kleine Räume dafür.

Zum Abschluß meiner Deutschlandreise war ich am Abend dann noch bei meinem ehemaligen, alten Lateinprofessor. Wir saßen auf seiner Terrasse, es wurde dunkel, wir schalteten kein Licht an. Irgendwann war alles schwarz. Einst schrieb er über Rom und Neapel, jetzt schreibt er seine Lebenserinnerungen. Ja, wir saßen in vollkommener Dunkelheit. Ich sah ihn nicht mehr, er mich nicht mehr. Verblaßt und verdunkelt. Ein deutscher August.

Neulich las ich den Taugenichts

Neulich wurde ich mal wieder gefragt, was ich derzeit lese. Meine Antwort war: den Taugenichts.

Eigentlich kommen für mich als Literatur nur Bücher in Frage, in denen abgrundtief gelitten wird, ich brauche da mindestens Dostojewskij, Gogol, Thomas Mann, Grimmelshausen oder solche Dinge. Komischerweise aber hat mich auch der lustige Taugenichts, wie die oben genannten Autoren, von frühauf begleitet, ich habe ihn zum ersten Mal mit sechzehn gelesen, selbstverständlich – wie fast alle Bücher damals – aus der Bibliothek meiner Mutter, und zwar in einer alten Reclamausgabe, als die kleinen Bücher noch weißgrau waren (die gelbe Farbe kam später) und die Titel noch geschwungen über den Umschlag liefen. Seitdem habe ich den Taugenichts alle zwei, drei Jahre gelesen.

Ich muß gestehen, er schien mir nie lustig. Nein, er wird mir sogar von Mal zu Mal trauriger.

Ich lese Bücher immer alle zwei, drei Jahre und werde bis zu meinem Lebensende sicherlich nur vergleichsweise wenig gelesen haben. Bei uns zu Hause lasen wir seit jeher wenig, genaugenommen wurde noch vor vier Generationen höchstens der jährliche Hauskalender gelesen, als das einzige Buch, das das Jahr über in die Stube kam.

Deshalb mangelt es uns auch an der ubiquitären, allfälligen intellektuellen Beweglichkeit. Wenn die Diskursler loslegen und bereits um die erste Kurve sind, hängen wir immer noch in den Startblöcken. Manche halten das für Verweigerungssabotage, dabei ist es bloß unsere Herkunft.

Überhaupt leben wir in der Wetterau in einer langsamer vergehenden Zeit. Verlassen wir unser Land, treffen wir auf Menschen, deren Sprech-, Denk- und Lesegeschwindigkeit etwa dreißig oder vierzig Prozent schneller ist als unsere.

Wir, die Schweizer Deutschlands! Gehen wir über unsere Grenzen, schämen wir uns noch, weil wir glauben, wir könnten kein Deutsch wie die anderen. Geht mein Stammwirt nach München oder Berlin, wird er nicht verstanden.

Wir trinken sogar langsamer. Aber wie alle, die etwas langsam machen, machen wir es dafür stetig. Ich kenne keinen Menschen, der den Idioten von Dostojewski sechsmal gelesen hat. Abgesehen von mir selbst.

Das klingt nun irgendwie beeindruckend. Da weiß ich, wird man wohl vermuten, also ganz hervorragend über Dostojewskij Bescheid, kenne wahrscheinlich sein ganzes Werk, jedes Wort in seinen Briefen *et cetera*?

Antwort: Nein. Überhaupt nicht! Das komplette Gegenteil ist der Fall. Ich lese das Buch nur deshalb so oft (wie die anderen auch), weil mir nach einigen Jahren komplett entfallen ist, was drinsteht. Ich kann mich auch an die meisten Namen in diesen Büchern nicht mehr erinnern. Ich lese all die Bücher nur so oft, weil es gar nicht anders geht.

Es bleibt nämlich für mich, den Wetterauer, nach einer Weile stets nur ein Substrat, eine Atmosphäre, eine allgemeine Wetterlage übrig, und darüber hinaus folgendes: Die Bücher justieren mich jedesmal auf eine gewisse Weise, die ich offenbar ebenso unbedingt brauche wie andere Sex oder Schnaps, oder wie andere an die Nordsee fahren, der Luft wegen. Es ist tatsächlich so, daß ich von Zeit zu Zeit denke: Jetzt brauche ich unbedingt mal wieder den Idioten. Dann lese ich ihn, und aus diesem heraus lebe ich dann irgendwie auch, ja, ich lebe nämlich aus den Büchern heraus genauso, wie ich aus den Erzählungen meiner Vorfahren heraus lebe, die wir auch ständig wiederholen, um sie nicht zu vergessen, da sie keiner aufschreibt, ich auch nicht.

Auch beim Taugenichts denke ich alle paar Jahre: So, jetzt brauche ich doch irgendwie mal wieder den Taugenichts.

Beim Taugenichts erinnere ich mich jedesmal (abgesehen von den unzähligen Singvögeln) zuerst an eine Farbe und an eine Stimmung. Der Text hebt an mit einem Schmerz, genau wie Schuberts Winterreise. Mit einer Vertreibung.

Die Vertreibung ist seit Kindheit ein Grundmotiv in meinem Leben, obgleich ich nie vertrieben wurde und bis heute geistig absolut ein Wetterauer geblieben bin. Die erste Vertreibung, von der ich erfahren hatte, war die Vertreibung des Katers Mikesch. Er zerbrach zu Hause einen Milchtopf und »mußte in die weite Welt hinaus«. Furchtbar. Seitdem wollte ich nicht mehr in die weite Welt hinaus. Und doch bin ich jetzt bis nach Rom gekommen, wie der Taugenichts, der vertrieben worden ist wie der Kater Mikesch, obgleich er sich das augenscheinlich gar nicht klarmacht. (Er genießt es sogar offenbar den ganzen Text hindurch. Wie ich ja auch Rom genieße.)

Weitere Parallelen: die Maler. Das Rom Eichendorffs hat zwar mit dem tatsächlichen Rom ebensowenig zu tun, wie das am Anfang des Taugenichts geschilderte Dorfleben mit dem tatsächlichen Dorfleben zu tun hat, aber kaum kam ich nach Rom, geriet ich unter die Maler (wie der Taugenichts), nämlich in der Villa Massimo. Wie im Taugenichts kommen die immer aus Deutschland. Meistens malen sie hier Dreiecke.

Die mich immer am meisten bewegende Szene ist jene, als der Taugenichts, nun Schloßbewohner, in aller Gemütlichkeit vor seiner Einnehmerhütte sitzt. Es ist, wie ich heute weiß, mein eigenes, von Eichendorff vorweggenommenes römisches Schicksal: »Den ganzen Tag (zu tun hatte ich weiter nichts) saß ich auf dem Bänkchen vor meinem Hause in Schlafrock und Schlafmütze, rauchte Tabak aus dem längsten Rohre und sah zu, wie die Leute auf der Landstraße hin und her gingen, fuhren und ritten.«

Das bin ich. Der folgende Satz ist sogar noch viel mehr über mich geschrieben:

»Ich wünschte nur immer, daß auch einmal ein paar Leute aus meinem Dorfe, die immer sagten, aus mir würde mein Lebtag nichts, hier vorüberkommen und mich so sehen möchten.«

Nächste Parallelstufe: Einer der Maler hatte neulich Besuch von einem Mannheimer. Dieser Mannheimer hatte lange Locken und diskutierte bis fünf Uhr morgens über die Frage, in welchem Verhältnis sich das Volumen einer Pyramide zu dem eines Würfels befindet, den man auf der Grundfläche der Pyramide konstruiert. Er war kein Mathematiker. Im Verlauf der Nacht verwandelte sich die Atelierwand des Malers in ein Labyrinth von geometrischen Behelfszeichnungen. Allen machte das Spaß. Wein floß in Strömen.

Am nächsten Morgen begegnete ich dem Mannheimer vor meinem Bänkchen. Ich fragte ihn, was er denn eigentlich sonst so mache. Er sagte, er mache nichts. Gar nichts. Er sei ganz zufällig nach Rom gekommen. Ich: Aha. Er, plaudernd: Weißt du, mein Vater zum Beispiel hat mich schon immer einen *Taugenichts* genannt.

Da begriff ich endgültig, was den Deutschen die Stadt Rom ist. Die Versammlung der Taugenichtse.

Jetzt kann ich noch zwei Monate auf meinem Bänkchen sitzen, im Januar ist Schluß in der Villa Massimo. Dann werde auch ich vertrieben.

Römischer Epilog: Ein nächstes Buch habe ich bereits zu lesen begonnen (auf dem Bänkchen). Es heißt Robinson Crusoe. Die Kater-Mikesch-Endstufe (geschrieben von einem, der lieber daheim in London blieb). Ich habe aufgehört, mich zu rasieren, und betrachte nachdenklich die Palmenstämme in meinem Garten, ob daraus nicht eine Palisade um mein Bänkchen zu bauen wäre, als Schutz vor den wilden Tieren. Vor der Villa könnten dann große Banner und Plakate hängen: Andreas Maier – Crusoe-Projekt. Durch ein Loch in der Palisadenwand wäre ich zu besichtigen. Dafür müßte mein Stipendienaufenthalt allerdings auf siebenundzwanzig Jahre verlängert werden, denn so lang war Robinson Crusoe auf der Insel. Siebenundzwanzig Jahre Villa Massimo! Ich hatte übrigens, wie jedesmal, wieder ganz vergessen, an welchem Datum Crusoe zu seiner Schicksalsreise aufbricht.

An meinem Geburtstag.

Neulich lief ich durch Bamberg

Neulich lief ich durch eine Straße in Bamberg und fand dort im Dreck eine Volltextausgabe. Es war die vorletzte Ausgabe, jene mit Georg Klein auf dem Titelbild. Ich hob die Zeitung auf und blätterte sie durch, bis ich zu meiner Kolumne kam und sah, daß das Foto von mir mit einem Hitlerbart und einem Hitlerscheitel versehen war. Daneben standen in einer Schrift, die mich an die Handschrift Peter Lorres in »M – Eine Stadt sucht einen Mörder« erinnerte, die Worte »Blöde Drecksau« geschrieben, ziemlich krakelig. Das interessierte mich, und ich blätterte die ganze Zeitung bis zum Ende durch. Es gab sonst keine Verunstaltungen. Es waren auch keine weiteren Worte hineingeschrieben. Da sich die Zeitung in einem guten Zustand, um nicht zu sagen in einem sehr guten, befand, nahm ich sie mit, und jetzt hängt die Seite in meiner Speisekammer im Haus in Bad Nauheim, dort, wo auch das Suhrkamp-Lesungsplakat aus Michelstadt im Odenwald vom 22. 6. 2002 hängt, das ich mir ebenfalls mitgenommen habe, es hing am schönen Michelstädter Rathaus, einem ausnehmend reizenden, ganz alten Fachwerkgebäude, in dem ich las. Vor der Lesung hatte ich mich unten vor dem Haus neben dem Plakat mit ein paar Jugendlichen unterhalten, und nach der Lesung hatte ich ein Hitlerbärtchen und einen Hitlerscheitel, und die Jugendlichen waren weg. Ein Lesungsplakat mit Hitlerbärtchen! Übrigens eigne ich mich wirklich gut zum Verhitlern, das liegt daran, daß ich auf dem Foto keinen Bart habe und eine ziemlich freie Stirn. Übrigens habe ich wasserblaue Augen, wie Hitler, aber die sieht man auf den Schwarzweißplakaten von Suhrkamp nicht. Am besten kann man von mir das Bild verhitlern, das Markus Kirchgessner (ein Fotograf, der ansonsten ziemlich viel in Indien, glaube ich, fotografiert hat) im Jahr 2000 von mir vor dem Jagdhaus Ossenheim in der Wetterau gemacht hat. Es war das Bild in meinem Debütroman. Der hieß Wäldchestag und spielte teilweise in genau diesem Jagdhaus. Im Jagdhaus Ossenheim, über einem Schnitzel und einem Apfelwein, hatte ich mit einem Freund vor etwa neun Jahren den Gedanken, jetzt in Literatur zu machen und zuerst einmal einen Roman namens Wäldchestag zu schreiben, der im Ossenheimer Jagdhaus spielt. Als das Buch erschien und ich das Foto in der Klappe sah, dachte ich, huch, du siehst ja aus wie Lothar Matthäus. Das muß daran gelegen haben, daß der Fotograf Markus Kirchgessner die Bilder etwa zehn Zentimeter von meinem Gesicht entfernt gemacht hatte und mein Kinn auf diese Weise überragend lang wurde. Dazu der sinnliche Mund. Und die wasserblauen Schwarzweißaugen. Und das alles in einem schwarzen Mantel.

Wenn man einen schwarzen Mantel trägt, ist man um so leichter zu verhitlern. Neulich war ich in Slowenien, und kaum betrat ich die erste slowenische Wohnung, zeigte man mir auch schon, wirklich bereits nach fünf Sekunden, einen alten Wehrmachtsledermantel. Zurück zu meinem Romandebüt. Als ich also das Kirchgessner-Foto sah, dachte ich keineswegs daran, ich sei verhitlerungsfähig, darauf mußten erst andere kommen, nämlich diese genialen Jugendlichen in Michelstadt im Odenwald. Oben las ich in der gotischen Stube vor ausgesuchtem Publikum, und unten wurde ich verhitlert. Im Odenwald. In einem Roman von mir steht der Satz: »Der Odenwald ist herrlich.« Ich habe jetzt sogar an einem Buch mitgearbeitet, das im Odenwald spielt, in einem kleinen Ort kaum mehr als zehn Kilometer von Michelstadt entfernt. Ja, ich und die Heimat. Ein ewiges Thema. Nach Indien komme ich nie. Niemals Bombay, niemals Kalkutta. Ich fliege ja nicht. Ach je. Bald muß ich nach Warschau. Der Osten mag mich. Kann man mit der Bahn hin. Sie übersetzen mich immerfort. Sie nehmen mich da richtig ernst. Und ich liebe ihre Schnäpse. Manchmal – es fing einige Wochen nach Michelstadt an – habe ich die zwanghafte Vorstellung, ich würde in den Nächten vor meinen Veranstaltungen durch die Städte ziehen und alle Maierplakate selbst verhitlern. Vielleicht würde das einen Skandal geben. Allerdings eigne ich mich nicht besonders zu Skandalen, dafür bin ich zu unbekannt. Bei allen Skandalen, an denen ich beteiligt war, ging es nie um mich, sondern immer nur um den Skandal. Ich heiße dann nicht mehr »Maier«, sondern »Autor«. Als ich von der Stadt Potsdam ein Schloß forderte, um darin zu wohnen für ein halbes Jahr, hieß es in der Zeitung nicht »Maier fordert Schloß«, sondern »Autor fordert Schloß«. Wenn ich meine Plakate verhitlern würde, würde es nicht heißen »Maier verhitlert Plakate«, sondern es würde bestimmt auch wieder nur heißen »Autor verhitlert Plakate«. Oder passivisch: »Plakate verhitlert«. Da würde ich dann gar nicht mehr vorkommen in dem Satz, sondern nur noch Hitler.

Soviel zu Volltext, meiner Kolumne und mir. In Bamberg war ich auf dem Weg ins Schlenkerla, um dort Bamberger Rauchbier zu trinken. Bamberg ist eine der schönsten Städte, die es gibt. Sooft es geht im Jahr, fahre ich nach Bamberg. Die Synagoge im Bamberger Dom hat es mir besonders angetan. Am Bamberger Reiter erkenne ich jedesmal, daß ich, im Vergleich zu ihm, wieder einmal dicker geworden bin. Ein Freund von mir (ein Fußballschiedsrichter) und ich planen ein Buch, das heißen soll: Die Verbuffisierung der Welt. Ja, es wird Frühling, und ich nehme zu. Bamberger Rauchbier, Würste, Schweinebauch. Verbuffisiert kann ich nicht mehr verhitlert werden. Wenn ich es einmal auf hundertzwanzig Kilo geschafft habe, geht das nicht mehr. Dann ist mein Gesicht zu rund. Dann ist der Maierhitler futsch. Dann muß sich der anonyme Bamberger einen andern zum Verhitlern suchen. Und Volltext ein anderes Foto.

Es war sowieso immer mein fester Vorsatz, mit vierzig zu verbrahmsen. Ein Brahms ist noch einmal etwas anderes als ein Buffi. Ein Brahms ist ein melancholisch gestimmter Buffi mit grauem Bart. Ich lasse mir endlich einen Bart und einen Bauch wachsen und schaue den Rest meines Lebens nur noch beschaulich in die Welt. Dazu die Bibel lesen. Wie Brahms. Das machte er mit vierzig. Mit vierzig begann Brahms zu verbrahmsen. Schon als ich mich mit dreißig Jahren auf siebzig Kilo herunterhungerte und täglich zwanzig Kilometer lief, sagte ich mir, diesen Irrsinn machst du höchstens noch zehn Jahre mit. Ab vierzig wird verbrahmst! Ich habe noch zwei Monate.

Daß die Verbrahmsung zugleich eine Selbstenthitlerung bedeutet, darüber hat mich diese Kolumne eben selbst zum ersten Mal aufgeklärt. So wird ja doch noch alles rund!

Neulich war ich daheim

Neulich war ich daheim (wie es bei uns noch heißt). In der Wetterau, die nicht mehr existiert, weil sie inzwischen weiträumig umgangen wird, von Ort zu Ort, als sei noch etwas da. Die Wetterauer spazieren über die mit Sand aufgeschüttete Trasse der Umgehungsstraße, von Friedberg, vom alten Promenadenweg aus, der nicht mehr existiert, über die Felder, die nicht mehr existieren, nach Ockstadt, das noch existiert und das zukünftig ebenfalls umgangen wird, das heißt umfahren, und wo man den alten Ockstädter Kirschberg bald bei einhundertdreißig Stundenkilometern aus dem Autofenster betrachten kann. Mit natürlicher Neugierde laufen die Wetterauer zu Fuß über die Straße, über die sie bald fahren dürfen, als finde damit endlich ihr Leben seine Erfüllung oder beginne erst. Als würden sie bald neu geboren, wie auf den Gemälden des Jüngsten Gerichts, wenn sie aus ihren Gräbern hervorkommen und sich verwundert die Augen reiben und vor dem lieben Gott stehen. Ich dagegen stand neulich vor der Trasse und betrachtete eine Weile diesen Aufmarsch von Menschen, die sonst keine Fußgänger sind und das Wort Fußgänger wahrscheinlich sogar hassen. (Wetterauer bewegen sich gemeinhin nicht einmal um die nächste Häuserecke ohne Auto, so wie der Bauer früher mit dem Traktor zum Dorfkrug fuhr, um seine Maschine zu zeigen, auch wenn der Hof direkt daneben lag.)

Ich lief zu Fuß von der Trasse in die Stadt, am nicht mehr existierenden alten großen Teich vorbei, dann vorbei an der Wiese unterhalb des Kurhauses, wo vor drei Wochen Chris de Burgh gesungen hatte, das größte Ereignis für Bad Nauheim seit Elvis Presleys Stationierung, also an jener Wiese vorbei, die die Wiese meiner Kindheit ist und die in wenigen Monaten nicht mehr existieren wird (Landesgartenschau), und kam zur alten Zahnfabrik (größtenteils stillgelegt), wo ich eine uralte Freundin besuchte.

In der Zahnfabrik, im ersten Geschoß einer der großen, alten Fabrikhallen, gibt es ein Atelier. Dort malt meine Freundin seit langen Jahren vor sich hin, ohne daß irgendwer von ihr wüßte, denn sie hält alles geheim. Draußen die Bauarbeiter, die, der allgemeinen Logik nach, ihre Familien ernähren und meine Heimat vom Neulich ins Einstmals planieren, und im Atelier diese einsam malende Frau, die seit einem Jahrzehnt die Wetterauer Welt, also die ganze Welt, malt und erschafft, um das alles irgendwie doch zu überstehen, was ja nicht möglich ist. Sie malt mit einer ebenso hartnäckigen Konsequenz, wie draußen planiert wird. Es gibt keine Ausstellungen, keine Dokumentation, keine Öffentlichkeit, nichts, ihr Name ist niemandem bekannt, nicht einmal den Wetterauer Kulturpreis hat sie bekommen. Die geheime

Malerin in der alten Zahnfabrik in Bad Nauheim in der Wetterau, einer schon seit Jahren umgangenen Stadt, in die jährlich Tausende pilgern, um sich vor das Haus zu stellen, in dem Elvis Presley gewohnt hat, einen Steinwurf von dem Haus entfernt, in dem ich das hier gerade schreibe, dem Haus meines Onkels J., der auch schon lange tot ist.

Die Wetterauer Gegenwelt. Als ich zu schreiben begann, begann sie zu malen, wir wußten gegenseitig nichts davon. Ich schrieb über die Wetterau, sie malte Affen aus dem nächstgelegenen Affenhaus, als seien wir Geschwister im Geist. Als ich mit meinem Roman über die Wetterauer debütierte, hatte sie die Arbeit an den Affen gerade vollendet und begann, Schlachthäuser aufzusuchen, um Ochsenhälften zu malen, und Schweinekadaver. Sehnen, Blut und triefendes Fett. Danach hatte sie plötzlich Sehnsucht. Auch das ist ein Leben bei uns daheim. (Ich begann währenddessen, über Autobahnen zu schreiben.) Die Malerin aus der Zahnfabrik bebilderte die Wetterau zuerst mit Affen, dann mit Schlachtfleisch, und später ging sie auf den Ockstädter Kirschberg und rupfte dort Blumen und malte auch sie, auf genau dieselbe Weise. Blutig und eigentlich alles schon tot, zerrissen und zerfetzt und so eigentlich erst in Wahrheit da. Die Affen waren noch von außen. Später fing sie immer von innen an. So entwickelte sie ihre Technik. Die *Wetterauer Technik*.

Nach den Tieren, den Kadavern und den Blumen kamen ihre eigenen Kinder dran. Das war die nächste Stufe. Zuerst setzte sie der einen Tochter einen Blumenkranz vom Ockstädter Kirschberg auf den Kopf und malte sie mit jener an Ochsenhälften und Schweineblut und abgezogenen Hasen geschulten Technik. Dann malte sie die andere Tochter mit einem Schaffell wie der Täufer, vor einem kosmischen Hintergrund, schwebend in einer völligen Schwärze, als entschwinde sie gerade ins Nichts. Jahrelang malte sie nur ihre Wetterauer Kinder, man könnte es auch Panik nennen (wenn sie beim Malen nicht immerfort so seltsam lachen würde). Ich stand im Atelier dieser Künstlerin, kam von der planierten Trasse, und was ich sah, war natürlich Heimatkunde. Früher waren wir Nachbarskinder gewesen. Auch mich hat sie schon in Wetterauer Technik gemalt. Es ist im Grunde dieselbe Technik, die sie draußen auch beim Bau der Ortsumgehung verwenden. (Tief hineinstechen in die Heimat und alles aufreißen, bis es nur so spritzt.)

Niemand weiß von diesen Bildern. Später werden sie eine Straße nach ihr benennen. Das ist das, was von uns übrigbleibt, wenn etwas übrigbleibt: eine Straße.

Aber dann wird sie schon tot und berühmt und großräumig umgangen worden sein. So wie sie die Wetterau umgeht, indem sie sie malt. Zu Ende malt. Sie, die Wetterauer Ortsumgeherin.

Sie begann zu einer Zeit zu malen, als ich noch an meiner Heimaterzählung *Der Wichsbusch* schrieb, die aber nie zustande kam. Und doch waren es die Anfänge. (Meine Anfänge, mein Leben.) Der Wichsbusch ist ein Busch neben dem Friedberger Sportfeld, aus dem, wenn die Zehntkläßlerinnen trainieren, alle paar Minuten kleine weiße Papierchen herausfliegen. Heißt es. Es gibt ihn noch, den Wichsbusch, und manchmal finden sogar Bundesjugendspiele direkt neben ihm statt. Das ist von meiner Heimat immerhin geblieben. Zehn Meter hinter ihm beginnt die Trasse der Umgehung. Der Wichsbusch hat es geschafft. Gerade noch so.

Neulich begriff ich

Neulich begriff ich, wie weit es inzwischen mit meinen Neulich-Kolumnen gekommen ist. Früher war ich Romanschriftsteller, jetzt lese ich bei meinen Lesungen eigentlich ständig nur noch Volltextkolumnen, besonders die über meinen verstorbenen, geburtsbehinderten Onkel J. Jedesmal, wenn ich eine Volltextkolumne über meinen Onkel oder die Wetterau lese, fühle ich mich wie Helmut Kohl, als er zum Ehrenvorsitzenden der CDU gemacht wurde. Stumm saß er da und schluchzte in sich hinein vor Ergriffenheit. So bin auch ich jedesmal irgendwie bewegt, wenn ich eine Kolumnenlesung mache, zumal ich vorher meistens einige Flaschen Bier trinke (Apfelwein gibt es ja andernorts nicht) und Alkohol seit einiger Zeit eine geradezu psychotische Wirkung auf mich hat. Ich trinke Bier und bin sofort von allem so furchtbar ergriffen. Das ist aber erst der Fall, seit ich vierzig geworden bin. In Frankfurt am Main gibt es ein Stadtmagazin, da sollte ich neulich einen Artikel zum Thema »30 plus« schreiben. Neben mir traten Nadja Einzmann und Silke Scheuermann auf. Bei den beiden konnte ich noch verstehen, daß man sie gefragt hatte, aber mich? Beide schrieben über ihren dreißigsten Geburtstag. An den kann ich mich überhaupt nicht mehr erinnern. Das war 1997, da war Jan Ullrich jung und gewann gerade die Tour de France. Allein schon die Fotos von mir in jenem Stadtmagazin waren so erschreckend, daß die Verleger anschließend die Redaktion fragten, ob sie komplett wahnsinnig geworden sei, so ein Heft ans Publikum weiterzugeben. Auf dem Foto sitze ich ziemlich heruntergekommen da unter dem weiten Wetterauer Himmel, auf dem kahlen Ast eines heruntergekommenen Baums, und vergrabe das Gesicht in den Händen. So eine himmelblaue Seite gab es in dem Magazin noch nie. Seit ich vierzig bin, warte ich auch darauf, daß das passiert, was dem Personal bei Arnold Stadler in jedem Roman ab einem gewissen Alter passiert, nämlich daß der Arsch abstürzt. Irgendwann demnächst wird vielleicht auch mir schon der Arsch abstürzen. Alles kommt herunter. Wie die Wetterau. Auch sie stürzt ja schon lange ab. Ein Landstrich, für die breitere Öffentlichkeit eigentlich reduziert auf die Raststätte Wetterau, A 5, eine Autobahnraststätte, die es vor ein oder zwei Jahrzehnten im Magazin Stiftung Warentest mal auf den letzten Platz beim allgemeinen deutschen Autobahnraststättentest geschafft hat. Das Foto in dem »30 plus«-Heft ist unweit ebenjener Autobahnraststätte entstanden. Die Wetterau ist eigentlich eine Autobahnraststätte mit Umgehungsstraße.

Neulich fragte mich jemand, ob ich ein Heimatdichter sei. Es war in Karlsruhe bei einer Lesung. Ich hatte eine Dreiviertelstunde lang ausschließlich Kolumnen gelesen, in denen mein Onkel J. vorkam. Ich hatte so lange gelesen, bis ich wieder so ergriffen war von meinen eigenen Worten und meinem verstorbenen, geburtsbehinderten Onkel J., daß ich schluchzte wie Kohl. Man kann ohne Probleme vor Publikum ins Schluchzen geraten, nämlich weil kein Publikum auf der Welt glaubt, daß man vor ihm gerade wirklich ins Schluchzen gerät. Ich sitze auf dem Podium, lese laut und deutlich das Wort Wetterau vor und gerate so ins Schluchzen, daß der Diphtong am Ende, *au*, ein Schmerzlaut, fast untergeht und das Wort Wetterau eigentlich nicht mehr zu verstehen ist, aber alle denken bloß, ich hätte mich verschluckt oder sei erkältet oder hätte eine chronische Stimmbandreizung. Dabei ist es doch nur das Wort Wetterau, das mich schluchzen macht.

Als Kind griff mein Onkel hin und wieder auf Herdplatten und merkte dann am Geruch, daß das ein Fehler war. Er schluchzte immer ergriffen, wenn er an Weihnachten die Glocken des Stephansdoms im Radio hörte, an seinem einzigen sauberen Tag im Jahr. Er war von nichts so sehr begeistert wie von Heino. Heino war sein Leben. Heino ist ein Mensch, der meinen Onkel glücklich machte. Neulich saß ich mit jemandem aus meiner ehemaligen Schule in der Dunkel in Friedberg in der Wetterau, wo ich jedesmal nach dem Samstagwochenmarkt abstürze. Er heißt Hanno B. Hanno erzählte, wie sein inzwischen auch schon längst verstorbener Vater einstmals in einem Hotel in Bad Nauheim (in dem wiederum Jahrzehnte zuvor meine Eltern geheiratet hatten, kurz nach der hiesigen Elvis-Presley-Zeit) seinen fünfundsechzigsten oder siebzigsten Geburtstag gefeiert hatte, mit ziemlich vielen Leuten, und dann plötzlich Heino im Türrahmen zum Festsaal stand, weil er nämlich gerade Hotelgast war (er hatte am nächsten Tag einen Auftritt irgendwo in der Nähe). Der Vater meines Bekannten forderte Heino auf, doch, wenn er möchte, mitzufeiern, woraufhin Heino sich nicht lange bitten ließ. Später ... solche Dinge geschehen in meiner Heimat ... saß der Vater mit Heino, beide inzwischen blau wie die Nacht, an der Theke, und mein Bekannter, der damals noch jung war, verabschiedete sich vom Vater und von Heino am Tresen, woraufhin der Vater Heino die Hand auf die Schulter legte und zu ihm sagte: Mein Freund Heino, das ist mein Sohn Hanno. Das erzählte Hanno B. bei meinem fünften Bier in der Dunkel, und ich war schon wieder so dämlich ergriffen. Neulich habe ich sogar mal eine Heino-Platte aus den Beständen meines Onkels aufgelegt. Es war die Hölle. Mein Onkel, meine Heimat und die Wetterau, das ist ja alles ohne Heino gar nicht denkbar. Mein Onkel, der seinen Plattenspieler gekauft hat im Elektroladen von Hanno B.s Vater. Und weil dieses Geschäft auch unser einziger

Plattenladen war (existiert natürlich nicht mehr, wie gar nichts mehr hier), hat er dort vermutlich auch seine Heinoplatten gekauft. Und anschließend trank er Bier in der Dunkel und holte vielleicht hin und wieder glücklich und ergriffen seine neue Heinoplatte aus der Tüte hervor wie andere ihr Pornomagazin. Und freute sich ebenso auf später zu Hause wie ein Magazinkunde. Der er an anderen Tagen ja vielleicht auch war. Vielleicht mit der gleichen Tüte.

In Karlsruhe sagte ich auf die Frage, ob ich Heimatdichter sei, ja. Und war für einen Moment plötzlich sehr glücklich.

Neulich habe ich mir eine Kamelhaarstrickjacke gekauft

Neulich habe ich mir eine langärmelige Kamelhaarstrickjacke mit Lederflecken an den Ellenbogen gekauft. Ungefärbtes Kamelhaar hat eine hellbraune, nicht sehr leuchtende Tönung. Ich mochte diese Strickjacke auf Anhieb, zog sie zunächst aber nur zu Hause an. Nach einigen Tagen ging ich mit ihr hinaus. Ich setzte mich in die Drei Steuber, eine Apfelweinwirtschaft in Frankfurt am Main. Der Wirt schaute mich freundlich an (er trug eine Strickjacke), sprach gern mit mir, setzte sich mit seinem Schoppen an meinen Tisch, und wir redeten eine halbe Stunde lang über Apfelwein. Ich erzählte von den hundert Litern in meinem Fäßchen im Keller und wie er denn so geworden ist, der aus dem letzten Herbst. Der Wirt erzählte, der Lokalrekord liege bei zweiundvierzig Schoppen an einem Tag. Da hatte jemand einstmals vom Morgen bis zum Abend zweiundvierzig Gläser Apfelwein in den Drei Steubern getrunken, »hier saß er«, sagte der Wirt, »am Abend roch er ein bißchen«, aber sonst sei mit ihm alles in Ordnung gewesen. So saß der Wirt bei mir und fühlte sich irgendwie wohl. Später ging ich ins Gemalte Haus, dort sprach mich ein unbekannter Mann um die siebzig an, der eine Strickjacke unter dem Sakko trug. Er war ganz begeistert von meinen politischen Ansichten, obgleich ich an diesem Nachmittag keine einzige politische Ansicht geäußert hatte. Als er mich fragte, ob ich Frankfurter sei, und ich antwortete, ich sei Wetterauer, rief er: Da haben Sie recht, die Heimat ist wichtig! (Ich hatte allerdings überhaupt nichts über Heimat gesagt.) Später hatte ich eine Lesung in Wiesbaden. Einige der Gesichter im Zuschauerraum kannte ich, ich bin ja teilweise bei der Jugend beliebt. Diesmal schauten alle erschrocken, als ich den Bühnenraum betrat. Ich konnte mir das nicht erklären. Auch die Fragen nach der Lesung waren seltsam bohrend. Im Zuschauerraum trugen sie alle Chucks und solche Dinge, die ich meistens auch trage. Es war die erste Lesung meines Lebens in einer Kamelhaarstrickjacke. Ich hatte mir über diese Kamelhaarstrickjacke überhaupt keine Gedanken gemacht, auch nicht über ihre Hirschlederknöpfe. Ich fand das Wort Kamelhaarstrickjacke völlig unverdächtig.

Am Abend, zurück in Frankfurt, fragte ein Freund von mir, ob ich noch ein »deutsches Schöppchen« trinken wolle. Ich: Was soll denn das heißen? Nur so, sagte er und schaute an mir (meiner Kamelhaarjacke) auf und ab. Meine Freundin sah an diesem Tag die Strickjacke ebenfalls zum ersten Mal. Spinnst du, rief sie. Wie läufst du denn rum? Ich stellte mich vor den Spiegel und fragte mich, was bloß in die alle gefahren sei.

Am nächsten Morgen war es nicht kalt, man brauchte keinen Mantel, ich ging zum Wahlbüro, denn in Hessen war Landtagswahl. Obskure Leute grüßten mich am Wahlbüro mit dem V-Zeichen. Am Abend, nach der Niederlage der CDU, wurde ich von unbekannten Leuten verspottet, die so aussahen, wie ich auch aussehe, wenn ich die Strickjacke nicht trage. Ich erinnerte mich an das Jahr 1990. Meine damalige Freundin, eine etwas chaotische Person aus dem Hunsrück, schnitt mir damals versehentlich eine Glatze. Da ich in jenen Tagen in einem Studentenwohnheim in einem Zimmer hauste, das nicht meines war, hatte ich kaum Klamotten bei mir, ich trug also meistens ein weißes T-Shirt, eine etwas dunklere Jeans und nicht weiter ungewöhnliche, schwarze, zufällig etwas klobigere Schuhe. Kaum waren die Haare ab, machte halb Frankfurt einen ganz weiten Bogen um mich, Menschen verließen wegen mir das Trottoir und gingen auf die gegenüberliegende Straßenseite, und in einem Buchladen in Frankfurt-Bornheim reagierten sie auf mich, als hätte gerade ein herrenloser Staffordshire-Terrier den Laden betreten …

Zurück zur Strickjacke. Ich hatte sie in diesen Tagen bereits richtig zu mögen begonnen. Sie war weich, schön warm, ich bin ja auch nicht mehr ganz jung, und sie macht ein kleines Bäuchlein, das heißt, man sieht darin nicht aus, als würde man jede Woche dreimal aufs Sportfeld laufen gehen (was ich leider immer noch mache). Es lohnt sich, wenn ich das sagen darf, vierzig Jahre alt zu werden. Beim Cooper-Test muß man, wenn man Schiedsrichter sein will, nicht mehr zweitausendsechshundert Meter in zwölf Minuten rennen, es reichen jetzt zweitausendvierhundert Meter, die laufe ich aus dem Stand. (Es handelt sich um jenes Sportfeld mit dem Wichsbusch daneben, wenige Meter von unserer Ortsumgehungsstraße entfernt.)

Ich zog die Jacke vor dem Spiegel an, ich zog sie aus, legte sie auf einen Tisch, zog sie wieder an … Wenn sie auf dem Tisch lag, sah sie völlig unverdächtig aus. Man mußte sich in die Wolle verlieben. So zart. Kein Industrieprodukt. Etwas ganz Persönliches. Sie hat sogar einen kleinen Strickfehler. Aber wenn ich die Strickjacke anzog, dann sah tatsächlich plötzlich alles ganz anders aus. Ich bzw. die Weste, wir bekamen beide so etwas Ekel-Alfred-haftes. Mindestens etwas Heinz-Becker-haftes. Das mußte ich mir vor dem Spiegel schon zugeben. Am nächsten Tag ließ ich sie weg. Wo ist denn dein nationales Jäckchen, hieß es gleich. Ich forschte nach, wo die Jacke herkam. Fabriziert wurde sie in Irland. Die Kamele stammten wohl kaum aus Deutschland. Bei einem Freund schaute ich Ekel Alfred. Er trug eindeutig keine Kamelhaarstrickjacke und sah dennoch aus wie ich! Als ich das Jäckchen wieder anzog, sagte eine Freundin: Du siehst aus wie ein Heino-Lied. Da wußte ich: das kommt langsam in Kolumnen-Nähe. Ich rief meine Mutter an und fragte sie – einer dunklen, vagen Erinnerung folgend –, ob nicht Onkel J. ständig so ein ganz bestimmtes, helles Oberteil getragen hatte. Ja, er trug immer Kamelhaarstrickjacken, sagte meine Mutter. Jetzt begriff ich. Ich sah also einfach aus wie Onkel J. Und die Leute begegneten mir wie ihm. Einer, der gemütlich im Bänkchen sitzt, irgendwie heimatverbunden, der sich mit Jägerei und Waldtieren gut auskennt, kaum über den Frankfurter Hauptbahnhof hinauskommt, ein deutsches Schöppchen trinkt und seine politischen Ansichten hat. Man gewinnt plötzlich ganz andere Freunde. Es ist die Welt der Strickjacken und Strickwesten. Sie sind übrigens überall, aber das sieht man erst, wenn man selbst eine trägt.

Neulich hat sich mein Schiedsrichterfreund einen Hund gekauft. Mit diesem Hund läuft er durch Frankfurt und sagt: Frankfurt ist am Boden so dermaßen voller Scheiße, das begreife er erst jetzt, wo er seinen eigenen Hund zum Scheißen führt. Da sei ja kaum Platz.

Ich selbst habe das Jäckchen bei mir inzwischen mein »Kolumnen-Jäckchen« getauft. Inzwischen trage ich es gern mal, wenn ich Onkel-J.-Kolumnen vorlese. Es hat so etwas Identifikatorisches. Es hilft mir auch beim Schreiben. Es ist darüber hinaus vollkommen asexuell. (Kein Mädchen blickt dich mehr an!)

Ein Jäckchen aus einer Zeit, als das Wort Tüte in Verbindung mit dem Wort Sex noch etwas anderes meinte als ein Kondom. Als die Wahrheit noch in der Tüte lag und ein Heftchen war. Als der öffentliche Raum noch nicht bestückt war mit lauter Nackedeis auf allen Plakaten (Nackedeis, ein Wort von damals, als es noch gar keine gab), sondern mit Leuten wie meinem Onkel in Strickjacken nebst Bahnhofskinos und Eckkneipen, wo noch geraucht wurde. Als die Heimat noch das Gute und daheim noch daheim war (meines Onkels Sinnspruch). Und als in der Wirtschaft noch die Tüte beim Schöppchen neben einem auf der Bank lag, ebenso wie die Strickjacke, die man auszog, wenn einem ein bißchen warm wurde. Oder man abends beim Saalrekord zu riechen begann.

Neulich war wieder Ostern

Neulich war wieder Ostern. Da bin ich jedesmal nervös, unruhig und unleidlich. Karfreitag war schon von jeher mein schwierigster Tag im Jahr (nicht nur meiner!). Als ich vierzehn, fünfzehn Jahre alt war und noch in meinem alten Zimmer lebte, das das Paradies war und für mich quasi nur aus dem riesigen Fenster, dem Fluß dahinter, den gigantischen Lindenbäumen und den weiten Feldern hinter Friedberg bestand, wollte ich unbedingt immer einen Karfreitagsroman schreiben, der natürlich ein unhintergehbares Lebenswerk hätte sein sollen. Der Roman hätte irgendwie genau da gespielt, wo ich gerade war, nämlich in dieser Wetterauer Landschaft, die mit einem Erlösungspotential aufgeladen worden wäre, daß es nicht auszuhalten gewesen wäre. Alles, jeder Baum, jeder Stein, jede Welle in der Usa, unserem Fluß, hätte eine ganz bestimmte, geradezu universale Bedeutung gehabt in diesem Karfreitagsroman (auch der Wichsbusch). Immerfort ließ ich einen abgehalfterten, abgezehrten Jüngling (mich), der nur notdürftig mit einem halb zerrissenen Hemd und kaputten Hosen bekleidet war (Frankfurter Flohmarktware), barfuß durch den kalten Karfreitagsmorgen laufen, an dem meistens gerade die Osterglocken zu blühen begannen, obgleich bis vor wenigen Tagen noch Frost gewesen war und oft sogar noch Schneereste herumlagen, denn damals, als ich jung war, war ich nicht nur jung (allein schon grandios und fürchterlich genug), sondern es gab sogar auch noch Schnee, und es gab dieses auf die gesamte Existenz geweitete Zimmer, mein Zimmer, das nach hinten an die Menschen grenzte und nach vorne an den Himmel, die Vögel, die Bäume, das Wasser und überhaupt die Natur, das heißt die Wetterau. Das Zimmer des Hauses, das wir vom Geld der Grabsteine gebaut haben, die wir unser Leben lang fabrizierten. Das Fensterbrett war aus demselben Stein gemacht wie unsere Gräber, in die wir Generationen von Wetterauern hineinlegten. Vogelsberger Diabas. Mein Großvater, mein Urgroßvater, mein Ururgroßvater, sie alle haben fast über hundert Jahre eigenhändig die Namen der toten Wetterauer eingraviert. Wer starb, kam zu uns, wenn er nicht zur Konkurrenz ging. Wir hießen Boll, und ich habe es zeitlebens als etwas Besonderes gesehen, unter einem Bollschen Grabstein zu liegen. Bis heute bin ich eigentlich ein Boll. So wurde die Wetterau zur Karfreitagslandschaft, in die ich mich damals Tag für Tag selbst hineinkreuzigte, metaphorisch gesprochen. Kreuzigen sah damals so aus: völlig grundlos und über jede Gebühr hungern, im Winter maximal ein Hemd unter der Jacke (oder dem »schwarzen Mäntelchen«), überhaupt zerlumpt und abgerissen lebend am Beginn von allem bereits am Ende sein, und zwar vollkommen, eine Art Hanno Buddenbrook von der Bauernseite. Hauptbestandteil des Kreuzigens war der Rotwein. Ich trank den manchmal schon morgens, und am Nachmittag war ich eigentlich bereits randdicht. Ich saß da meistens einsam an so einer Hütte am Flußufer, wo manchmal im Sommer die Schulklassen rauschende Feste mit Bier und Grillwurst feierten ... eine mir fremde Welt. An Karfreitag war ganz wichtig, soviel Zeit wie möglich draußen zu verbringen, in der Wetterau, die die Welt war (und ist).

Später lernte ich Richard Wagner kennen (meine musikalische Sozialisation bestand aus einem uralten Klavier und irgendwelchen alten Folianten mit Unterhaltungsmusik aus dem neunzehnten Jahrhundert, Wagner wurde da bezeichenderweise einfach subsumiert). Ich begriff nach einer Weile, daß ich eigentlich meine ganze frühe Jugend den Karfreitagszauber nachgestellt hatte (»Wie dünkt mich doch die Aue heut so schön«). Noch später las ich Wolfram. Bis heute ist die Karfreitagsstelle etwas, das mich jedesmal so tief bewegt, daß mir die Stimme versagt.

Im nachhinein fällt mir auf, daß ich am Karfreitag immer bei den Vögeln sein wollte. Die Vögel haben ja mein Glaubensbild am meisten geprägt. Was im Matthäusevangelium steht, traf auf sie, die Vögel, in gleichem Maß zu wie auf mich damals. Es ist mein Glaubensbekenntnis bis heute. Deswegen sage ich euch (Jesus jetzt): Sorgt euch nicht um euer Leben und darum, daß ihr etwas zu essen habt, noch um euren Leib und darum, daß ihr etwas anzuziehen habt. Ist nicht das Leben wichtiger als die Nahrung und der Leib wichtiger als die Kleidung? Seht euch die Vögel des Himmels an: Sie säen nicht, sie ernten nicht und sammeln keine Vorräte in Scheunen; euer himmlischer Vater ernährt sie. Seid ihr nicht viel mehr wert als sie? Wer von euch kann mit all seiner Sorge sein Leben auch nur um eine kleine Zeitspanne verlängern? Und was sorgt ihr euch um eure Kleidung? Lernt von den Lilien, die auf dem Feld wachsen: Sie arbeiten nicht und spinnen nicht. Doch ich sage euch: Selbst Salomo war in all seiner Pracht nicht gekleidet wie eine von ihnen. Wenn aber Gott schon das Gras so prächtig kleidet, das heute auf dem Feld steht und morgen ins Feuer geworfen wird, wieviel mehr dann euch, ihr Kleingläubigen! Macht euch also keine Sorgen und fragt nicht: Was sollen wir essen? Was sollen wir trinken? Was sollen wir anziehen? Euer himmlischer Vater weiß, daß ihr das alles braucht. Sorgt euch also nicht um morgen; denn der morgige Tag wird für sich selbst sorgen. Jeder Tag hat genug eigene Plage.

Worte, die ich mir karfreitags gerne mal vorspreche. Später bekam ich eine Lungenentzündung. Heute muß ich mich immer dick anziehen beim kleinsten Kältehauch, weil ich sonst sofort krank werde. Und hart getroffen hat mich das Gesetz, wonach du nicht betrunken in das Haus des Herrn eintreten sollst. Sonst mußt du nämlich sterben. Daran muß ich immer denken, wenn ich in Frankfurt vom Gemalten Haus, meiner Apfelweinwirtschaft auf der Schweizer Straße, hinüber zum Dom gehe, um dort den Gottesdienst aufzusuchen.

Neulich ist das Tante Lenchen gestorben

Neulich ist das Tante Lenchen gestorben. Sie kommt aber nicht auf unseren Friedhof, sondern nach Freiberg, wo schon Novalis Stollen grub. Dort wird sie jetzt eingelagert, auf frühromantischem Grund und Boden. Unsere Familie hat es offenbar darauf angelegt, auszusterben. Das Tante Lenchen ist älter geworden als jeder in unserer Familie, ich habe immer vermutet, daß das auf ihre Zeit beim BDM zurückging. Sie hatte immer etwas ausgesprochen Diszipliniertes an sich, das ging einher mit einer lebenslang andauernden Magenverstimmung. Ihr Mann ist als einer der ersten im Krieg gefallen, geheiratet hat sie nie mehr, allerdings begann sie später eine zweite politische Karriere, nicht mehr in der Nationalsozialistischen Deutschen Arbeiterpartei, sondern in der Demokratischen Bauernpartei. Als Kind mochte ich ihre ruppige Art. Sie sprach auch immer davon, daß wir uns alle viel zu sehr gehenließen, daß wir alle viel zu schlapp seien und daß das früher schon einmal ganz anders, um nicht zu sagen besser gewesen sei. Tante Lenchens Heimat, die DDR, sah ich zum ersten Mal, als ich sieben war. Es war eine wirklich schräge Reise, denn die DDR war ein seltsames Land, mit bunten, riesig großen Gesichtern auf Hauswänden, einer eigenartigen Cola, einer Wohnung in einem Hochhaus auf einem grünen Hügel (mein erstes Hochhaus) und einer winzig kleinen verschrumpelten Kohlroulade in einem Restaurant, an das ich mich ansonsten nicht erinnere. Das Tante Lenchen fand das alles gut, und überhaupt waren sie in der DDR nicht so schlapp, und sie waren sozialer! Familie galt da noch was! Sagte das Tante Lenchen. Besuchten sich auch alle ständig gegenseitig, und bald dann auch uns. Als ich zwölf, dreizehn Jahre alt war, begann ich zu begreifen, daß das Tante Lenchen, das immer sehr interessant erzählen konnte (die Kriegstransporte, der Onkel Eduard in Budapest), eigentlich an Logorrhöe litt, und zwar an der sogenannten kohärenten Form. Sie schrieb übrigens seit der Vorkriegszeit Tagebuch, überdies verfaßte sie ausführliche Reiseberichte, und wenn sie nicht schrieb, redete sie von alldem einfach ständig weiter auf uns ein. So erfuhr ich jedesmal ihr halbes Leben in freiem Assoziationsfluß und hatte alles sofort anschließend wieder vergessen. Mir wurde bange, wenn ich an den dachte, der sich einmal um ihre Tagebücher würde kümmern müssen. Ich ahnte, daß das irgendwann auf mich zukommen könnte.

So etwa mit fünfzehn erschien mir das Tante Lenchen richtig sozialistisch. Sie saß bei uns in der Wetterau (da gab es die DDR noch) und pries die Einfachheit zu Hause im Staat. Und daß das da alles irgendwie sinnvoller sei. Denn wozu brauche man diesen Konsum (da hatte sie recht). Fast wurde sie zu unserer politischen Bannerträgerin. Der Name Hitler fiel nie. Erst als ich sechzehn, siebzehn war, wurde mir klar, daß das Tante Lenchen vor allem ein eisenhartes BDM-Mädchen war mit anschließend bruchloser Disziplin-Karriere im Land der gestählten sozialistischen Gemüter. Ja, wir haben an ihr (ich spreche hier für mich und meinen Bruder), wenn man es im nachhinein betrachtet, genau all diese BDM-Ansichten gemocht, ohne zu ahnen, woher diese Ansichten stammten. Wir dachten, sie stammten aus dem guten Sozialismus, dabei stammten sie aus dem bösen Nationalsozialismus. Sie waren wie eine Flaschenpost aus dem Dritten Reich, umetikettiert in der DDR, um als Kapitalismuskritik in der Bundesrepublik geöffnet zu werden. Tante Lenchen konnte damit ganz schön aufmischen.

Mein geburtsbehinderter Onkel J. fiel manchmal in ein Triebstadium zurück, wenn Tante Lenchen zu Gast im Haus der Großmutter war (wo ich heute wohne). Onkel J. lauerte nicht nur den diversen jugoslawischen Putzfrauen auf, sondern auch ihr. Dabei war er schon über sechzig, und sie jenseits der siebzig. So kann gemeinsame deutsche Geschichte aussehen! Unvergeßlich auch jenes Weihnachtsfest 98, wo Tante Lenchen mal wieder zu Besuch war, bei uns drei Tage im Wohnzimmer saß und redete, und ich schrieb einfach alles sofort im Nachbarzimmer in die Maschine und verfertigte so größere Teile meines ersten Romans. Das ging eins zu eins. Ihre Magenverstimmung behielt sie bis in ihr fünfundneunzigstes Lebensjahr, also bis zum Tod. Als Kind war sie immer meine Lieblingstante gewesen. War sie da, wurde sofort der ganze Garten eingekocht und eingeweckt. Kam dagegen ihr Sohn in den Westen, mußten wir sofort zu Saturn Hansa fahren, Kameras gucken. Tante Lenchen war nie bei Saturn Hansa.

Sie starb, wie bei uns gestorben wird. Da immer irgendein Familienteil mit einem anderen im Argen liegt, erfährt man oft gar nicht, wer gerade moribund ist. Den Tod des Tante Lenchens erfuhr ich erst, als die Betreffenden aus irgendeinem Urlaub zurückkamen. Ich fragte: Wie geht's eigentlich dem Tante Lenchen? Sie sagten: Ach, das Tante Lenchen! Das Tante Lenchen ist doch vor sechs Wochen gestorben. Haben wir das nicht erzählt?

Seit etwa zwanzig Jahren war mir klar, daß meine an Logorrhöe leidende Tante (sie war Deutschlehrerin in der DDR) einer der größten zu hebenden Schätze deutscher Zeitgeschichte sein würde. Ich erkundigte mich nach Institutionen, denen man ihre Tagebücher und Reiseberichte überantworten könne zwecks Auswertung. Es müssen achtzig- oder hunderttausend Blatt sein. Vielleicht kam sogar das Wort Hitler vor. Am Tag nach der verspäteten Todesnachricht fiel mir siedendheiß ihr Nachlaß ein. Er war, wie ich erfuhr, natürlich sofort nach ihrem Tod weggeworfen worden. Da schrieb sie siebzig Jahre an ihrem privaten Echolot, und anschließend sofort weg. Entsorgt.

Das Tante Lenchen wird also nicht archiviert. So wurde ein Leben, *post mortem*, zu Sprachmüll umgedeutet. Und das ausgerechnet auf frühromantischem Grund, wo doch Novalis grub, dem nichts in der Welt ohne Bedeutung war, sondern alles ein Zeichen.

Wie unsere Blumen auf dem Grab.

Neulich las ich Mein Kampf

Neulich las ich Mein Kampf von Adolf Hitler. Das war nicht weiter schwer und ist auch nicht so langweilig, wie man es sich vorstellt. Wenn der Autor das, was er da geschrieben hat, nicht in die Tat umgesetzt hätte, wäre das Buch vermutlich sogar zum Lachen. Freilich fragt man sich beim Lesen, wie dem Autor überhaupt gelungen ist, all das in die Tat umzusetzen. Denn das Buch wurde elfmillionenmal verkauft, und es steht auf jeder Seite etwa drei- bis fünfmal, daß man die Juden mit Stumpf und Stiel und allergrößter Rücksichtslosigkeit ausrotten müsse, bis auf den letzten. Es steht übrigens auch drin, daß der Osten zu erobern sei. Und zwar ebenfalls *passim* im ganzen Buch. Das ist nicht *ein* Gedanke im Buch, sondern der zentrale. Die Deutschen werden die Weltherrscher, kolonisieren den Osten und rotten die Juden aus dem Volkskörper aus, denn die verderben unser Blut, und das macht uns schwach, und dann können wir nicht Weltherrscher sein.

Es folgen einige Worte zum Stil des Autors.

Das Buch ist in weiten Teilen populärphilosophisch gehalten und benutzt eine pseudowissenschaftliche Sprache mit einem Hang zu allgemeinen Lebensweisheitsmaximen. Unser Autor spricht durchweg in einer Haltung, als wüßte er mehr als die anderen, habe mehr studiert und habe eine klarere und tiefere Anschauung als alle. Adolf Hitler ist, wie man im Buch erfährt, eine Art Privatgelehrter, der mit erheblichem Aufwand ein Privatstudium in Wien betrieben hat. Allgemeine Schulbildung lehnt er ab, sie wird bei ihm stets Gegenstand einer Beschimpfung. In dem Buch, das fällt ins Auge, wird überhaupt viel geschimpft, mit Lust und mit einer, wie man heutzutage sagt, gewissen Beschimpfungsvirtuosität. Geschimpft wird auf die Parlamentarier, auf die Politiker, auf Wien, überhaupt auf Österreich, auf die Zeitungsleute, geschimpft wird auf die Bildungsträger an den höheren Schulen, geschimpft wird überhaupt auf den ganzen Bildungsbegriff. Das allgemein praktizierte Lernen lehnt Hitler ab, vielmehr plädiert er dafür, nur das an Wissensstoff zu bewahren, was notwendig ist für den eigenen Weg, der *radikal* zu gehen ist. Es gibt für Hitler ein richtiges Lesen, das er abhebt von unserem allgemeinen falschen Lesen.

Hitler nennt es seine »Kunst des Lesens«:

»Ich kenne Menschen, die unendlich viel ›lesen‹, und zwar Buch für Buch, Buchstabe für Buchstabe, und die ich doch nicht als ›belesen‹ bezeichnen möchte. Sie besitzen freilich eine Unmenge von ›Wissen‹, allein ihr Gehirn versteht nicht, eine Einteilung und Registratur dieses in sich aufgenommenen Materials durchzuführen. Es fehlt ihnen die Kunst, im Buche das für sie Wertlose vom Wertvollen zu sondern ...«

Neben die Beschimpfungsvirtuosität reiht sich bei Hitler eine Übertreibungsvirtuosität. Hitler übertreibt alles und jedes und baut ständig Antithesen auf. Er kommt aus *kleinsten* Verhältnissen, arbeitet sich *ganz allein* hoch, studiert in Wien *auf das intensivste* sowohl Bücher als auch die Menschen, besonders die Menschen in den Armensiedlungen, unter denen er arbeitet. Stilbildend sind die Ausschließlichkeitsformulierungen, etwa: »Kaum in einer deutschen Stadt war die soziale Frage besser zu studieren als in Wien.« Wien ist die ideale Stadt für dieses Studium. »Ich las damals unendlich viel, und zwar gründlich. Was mir so an freier Zeit von meiner Arbeit übrigblieb, ging restlos für mein Studium auf. In wenigen Jahren schuf ich mir damit die Grundlagen …« Das geschieht gegen die Widerstände der gesamten Umwelt, so wie überhaupt der Hitlersche Weg sich stets *gegen* etwas durchsetzen muß, *gegen* das Elternhaus, *gegen* die Schule *et cetera*. Die eigene Begabung wird dabei immer hyperbolisch dargestellt. Hitlers Eignung zum Baumeister ist *die größte*. »Sie (die Architektur) erschien mir neben der Musik als die Königin der Künste … Ich konnte bis in die späte Nacht hinein lesen oder zeichnen, müde wurde ich da nie.« Rücksichtslos gegen sich und die eigene Gesundheit wird da studiert. Auch für »alles, was mit der Politik« zusammenhängt, hat Hitler das »größte Interesse«.

Stilistisch schraubt sich Hitler zu Beschimpfungsmonologen empor, die durch eine gewisse Technik der Wortwiederholungen einen ganz bestimmten musikalischen Rhythmus bekommen. Die Satzkaskaden gipfeln nicht selten in Schlüsselwörtern wie *jüdisch* oder *marxistisch*. Da die Begriffe bei Hitler fast völlig inhaltsleer gebraucht werden und nie diskutiert werden, könnte man sie genausogut durch andere Begriffe ersetzen, der Satzmelodie täte es keinen Abbruch. Man könnte *jüdisch* etwa durch *katholisch* oder *marxistisch* durch *nationalsozialistisch* ersetzen, vom Klang her bliebe es gleich. So wie man übrigens Baukunst auch durch Malerei oder Klavierspiel oder irgend etwas anderes ersetzen könnte: meine Eignung für die Malerei war die größte, meine Eignung für das Klavierspiel war die größte, ich studierte mit dem unerhörtesten Eifer Kant, ich vergrub mich von neunzehnhunderteinunddreißig bis neunzehnhundertdreiunddreißig ausschließlich in Descartes und trug den größten Gewinn davon *et cetera*. (Was mit dem ganzen Gallimathias gemeint sein soll, versteht bei näherer Betrachtung sowieso kein Mensch, alles das sind, wie gesagt, Leerformeln und daher austauschbar.)

Der Autor flankiert darüber hinaus seinen Lebensweg literarisch durch eine Rhetorik der ständigen »Bemühung« und des »Nicht-Nachlassens«; das soll dem Leser nahelegen, hier habe sich tatsächlich jemand »mehr als andere« bemüht. Etwa so: Der normale Mensch läßt in seinem Lebensweg irgendwann nach, Hitler hat nicht nachgelassen. Hitler ist seinen Weg zu Ende gegangen, gegen alle Widerstände. Wo wir immer nur ein bequemes und letzten Endes gescheitertes Leben gelebt haben, hat Hitler mit der größten Unnachgiebigkeit ab einem bestimmten Zeitpunkt seines Lebens mit der allergrößten Konsequenz sein Lebensziel verfolgt. Daß er dabei Philosoph und Künstler und überhaupt der generelle Weltenerklärer und -bewerter zugleich ist, versteht sich von selbst. So in etwa lautet die hinter allem stehende »Nicht-Nachlassen«-Rhetorik in Mein Kampf. Es geht darin immer nur um ganz Großes.

Irgendwie werde ich das Gefühl nicht los, alles das schon mal ganz ähnlich bei einem anderen österreichischen Autor gelesen zu haben.

Neulich hängte ich ein Bild ab

Neulich hängte ich das Bild meiner Großmutter ab. Es hing im Eßzimmer des Onkel-J.-Museums in Bad Nauheim. Eigentlich habe ich mich das letzte halbe Jahr während meines Romans, an dem ich bis vor kurzem schrieb, nur dadurch über Wasser gehalten, daß ich mir gesagt habe, du schreibst jetzt anschließend nie mehr einen Maier-Roman, sondern machst das Haus in Bad Nauheim zum Zentrum der Welt und schreibst nur noch über Onkel J. und die anderen Toten, die sich hier sammeln. Bald ist ja die ganze Wetterau tot! Fünfzig Meter von uns hatte Elvis Presley gewohnt, der war hier in der Kolumne noch gar nicht näher dran. Meine Mutter sah ihn immer über den Hinterzaun klettern, weil am Vordereingang die Mädels standen. Mädels, ein Naziwort, so wie unser ganzes Viertel ein Naziviertel war, die Häuser sind alle gebaut worden, als es in Deutschland endlich wieder aufwärtsging (dreiunddreißig). Meine Weltgeschichte! Über Bad Nauheim waren im Krieg die berüchtigten Zettel abgeworfen worden: Bad Nauheim werden wir schonen, wir wollen später darin wohnen. Sie wohnten auch bei uns. Das Haus wurde konfisziert, zwölf Jahre saßen amerikanische Soldaten an dem Schreibtisch, an dem ich gerade diese Kolumne schreibe. Im Bücherschrank, wo heute meine komplette Familie-Hesselbach-Sammlung und meine komplette Familie-Heinz-Becker-Sammlung steht, hatten sie ihre Uniformen getrocknet – sie hatten Wäscheleinen in den Schrank gespannt. Meine Familie zog damals nach Friedberg auf das Gelände unseres Steinmetzbetriebs. So gesehen lebten wir zwölf Jahre zwischen Grabsteinen. Wir machten Grabsteine, lebten zwischen ihnen und legten uns schließlich unter sie. Ja, ich schrieb neulich meinen Roman zu Ende und dachte, anschließend errichtest du der gesamten Wetterau einen Grabstein. Du trägst deine Heimat endgültig zu Grabe. Es ist nämlich so, daß, wie ich hier schon öfter geschrieben habe, meine Heimat einem kompletten Vernichtungsprozeß unterliegt, den zu Hause bei uns aber gar niemand bemerkt. Man kann auch hier die Wetterau auf die gesamte Welt übertragen, denn die unterliegt ja auch einem kompletten Vernichtungsprozeß, den niemand bemerkt, weil ja wie immer alle alles (Weltgesetz Nummer eins) für normal halten. Seit einem halben Jahr laufe ich herum und kündige überall an, daß das nächste Buch, das ich schreiben werde, mein letztes sein wird. Viele erschrecken dann, weil sie glauben, es stünde schon wieder ein weiterer Selbstmordversuch unmittelbar bevor. Wenn ich aber sage, ich werde dieses Buch beginnen und einfach nie mehr damit aufhören, bis an mein Lebensende, dann erschrecken sie noch viel mehr. Ich habe sogar bereits einen Titel für mein letztes Werk. Ortsumgehung. Das spielt auf *Ortsumgehungsstraße* an. Die Wetterau wird nämlich bald eine einzige Ortsumgehungsstraße sein. Ich werde eine Welt schildern und erfinden, ausgehend von dem Zimmer, in dem mein geburtsbehinderter Onkel J. gelebt hat und das jetzt mein Arbeitszimmer ist, und von diesem Zimmer komme ich auf das Haus, meine Familie, die Grabsteine, die Toten, Elvis, unsere Nazis und unsere Amerikaner, und von dem Haus komme ich auf die Straße. Früher fuhren wir das erste Auto in der Straße, heute fahren dort zehntausend am Tag, bei ruhiger Verkehrslage. Und sie kontrollieren mich, den Fußgänger, genau. Mache ich nur eine falsche Handbewegung, bremsen sie quietschend, springen aus dem Auto und werden aggressiv. Neulich begrüßte ich, als ich heimkam, meine Nachbarin, die liebe Frau Mattern, mit einem Winken. Ein vorbeirasender Autofahrer bezog das auf sich, sprang aus dem Auto, nannte mich Drecksau und Schwuchtel und rief dreimal Ich fick dich, dann stieg er wieder ein und raste weiter. Das ist die Welt um mein Haus herum. So bin ich ausgeliefert an eine Welt der komplett Verrückten. Somit ist das Haus auch eine Metapher für Verteidigung. Für sinnlose Verteidigung. Zehntausend Autos fahren am Tag um das Haus herum, kein Mensch kann mehr darin leben, aber dennoch hat es eine Geschichte, meine Geschichte, die Geschichte unserer Toten und der gesamten Wetterau, und deshalb bleibe ich und mache ich dieses Haus und überhaupt alles und vor allem die Toten zu meinem nächsten Buch, so in etwa gehe ich seit einem halben Jahr hausieren. Wo eine Kamera ist, hänge ich meine Fresse hinein und fasele von der Wetterau und meinem letzten Werk. Ich stelle mir ein Buch vor, in dem der Protagonist (ich) etwa dreitausend Seite braucht, um die fünfhundert Meter von meinem Haus zur neugebauten Ortsumgehungsstraße zu gehen. Diese fünfhundert Meter sind das Buch. Am Ende werde ich natürlich überfahren. Vielleicht auch nicht, das weiß ich noch nicht. Der Untertitel zu Ortsumgehung wird sein: Heimatroman.

Alles das erzähle ich seit einem halben Jahr und habe sogar selbst daran geglaubt. Eine Neulich-Welt, endgültig hinabgestoßen ins Einstmals. Als wäre das möglich. Ich dachte, das sei es. Jetzt hätte ich es. Jetzt werde ich groß und gut. Und nun packe ich Umzugskisten. Ich habe einen Mietvertrag in Frankfurt unterzeichnet. Ich laufe durchs Haus und verpacke es. Packe mich und uns und die Toten in die Kisten.

Ich bin ein Verräter. Ich hätte anders sein können als alle. Ich hätte unmigriert bleiben können. Ich war mitten in der Vernichtung, aber ich war wahr. Statt dessen gehe ich in eine Stadt, die ich nicht kenne und die nicht meine Heimat ist. Ich gehe in die Beliebigkeit, wie alle. In Frankfurt, dreißig Kilometer entfernt von der Wetterau, werde ich Cocktails trinken und auf Partys gehen, wie alle. Wieso ziehe ich eigentlich nicht nach Berlin? Jetzt kann ich überallhin. Und nirgends zurück. Ich packte das Bild meiner Großmutter in die Kiste, um wenigstens sie mitzunehmen, und dachte: das war's. Jetzt ist dein Leben zu Ende. Jetzt hast du alle, die waren, noch einmal umgebracht.

Jetzt verwaisen selbst die Grabsteine. Und ich bin schuld.

Neulich schrieb ich von Karlsruhe

Neulich schrieb ich hier von einer Lesung in Karlsruhe, bei der man mich fragte, ob ich ein Heimatdichter sei. Das hat nun dazu geführt, daß ich inzwischen mit Heimatdevotionalien aller Art überschüttet werde. Vor einiger Zeit schickte mir ein Verlag einen mobilen Bucheinband aus Stoff, auf den ein Hirschgeweih und das Wort *Heimatroman* gestickt ist. Alles in Grünbraun gehalten, in Jägerfarben. Ich kenne einen Menschen, der sich überaus für Jägerei interessiert, obgleich er kein Jäger ist, sondern Literaturrezensent und eher verstädtert. Bei ihm hat man kein Geburtstagsproblem, man kann ihm Jägerflachmänner schenken, Jägerkappen, einen Jägerrucksack oder ein Jahresabonnement von »Wild und Hund« (es reicht auch eine Flasche Jägertropfen), und er ist von alldem tatsächlich jedesmal zu Tränen gerührt und hat dabei so eine Sehnsucht im Blick, die ich vielleicht zum letzten Mal verspürt habe, als ich sechzehn war und mit ungeheuer schönen sechzehnjährigen Mädchen vögelte bzw. diese mit mir. Heute bin ich einundvierzig und Heimatdichter mit Bart. Ich trage jetzt sogar ein Kleidungsstück, das mein Lektor als Kutte bezeichnet. Mein Lektor betrachtet meine persönliche Entwicklung mit Mißtrauen. Es hat sich zwischen uns ein ganz bestimmter Sprachgebrauch eingestellt. Wenn ich eine »Rede« halte, nennt er das grundsätzlich nur noch »Predigt«. Statt »Lesung« hat er neulich, glaube ich, sogar einmal »Andacht« gesagt. Neulich habe ich vor dem Zwischenlager in Gorleben gepredigt. Das kam gut an. Im Wendland fällt man mit Bart und Kutte gar nicht auf. Dort oben gibt es tatsächlich noch Bartträger. Als ich neulich den Chefredakteur dieser Zeitung in Wien traf, hatte er auch einen Bart. Endlich werden wir alt! Das Kleidungsstück ist allerdings keine Kutte, sondern exakt der Mantel, den Trevor Howard als Major Calloway im Dritten Mann trägt. Schottisch, nicht irisch. Meistens trage ich das Kolumnenjäckchen darunter.

Ich möchte aber noch einmal auf Karlsruhe zurückkommen. Der Mann, der mich damals fragte, war Mitte Dreißig und trug ein Ledermäntelchen, wie ich es noch von früher von Rainer Werner Fassbinder kenne. So ein Mäntelchen, das immer verraucht wirkt, weil der Träger so aussieht, als würde er immerfort rauchen. Ein Bier-und-Rauch-Intellektuellen-Mäntelchen. Als dieser junge Intellektuelle im Fassbindermäntelchen mich fragte, ob ich vielleicht so etwas wie ein Heimatdichter sei, legte sich ein erwartungsvolles, ich muß sagen, geradezu sadistisches Lächeln auf die Lippen des Karlsruher Publikums. Wie, sagte dieses Lächeln, wird der Autor sich nun aus der Affäre ziehen? Wie kommt er von dieser Schlachtbank wieder runter? Heimatdichter, das ist ja geradezu wie Schlagersänger. Genausogut hätte er, könnte man meinen, mir die Frage stellen können, hören Sie gerne Schlager, oder singen Sie am Ende welche? Ich muß zugeben, daß ich mich nie ganz habe von Iwan Rebroff lösen können. Iwan Rebroff hat meine Mutter in gewissen Momenten ständig gehört, da war ich ein kleines Kind und wurde gerade geprägt. Wenn ich heute *Wenn Schwäne über die Taiga ziehen* höre, bin ich nach wie vor sofort neben die Welt gesetzt. Wenn ich *Mein Rußland Du bist schön* höre, sage ich mir jedesmal, daß es nichts Ergreifenderes gibt als dieses Lied. Mein Jägersehnsuchtsfreund dagegen hat den ausgesprochenen Wunsch, noch einmal ein Karel-Gott-Konzert zu erleben, bevor Gott tot ist. Ich selbst war ganz gerührt, als ich während meines Stipendiums im Schloß Wiepersdorf im Jahr 2001, nachdem ich eines Nachts bei völliger Dunkelheit und bei völliger Trunkenheit mit dem Fahrrad in Reinsdorf gegen den Baum gefahren war (ich kam aus »Kuppis feuchter Ecke«, einem einschlägigen Landlokal), und nachdem ich, zurück im Schloß, mit Wodka die klaffende Stirnwunde zu desinfizieren versuchte und drei Tage später mit einer wirklich ekelhaft nässenden Entzündung einen Arzt in Jüterbog aufsuchte ... als ich, kurzum, dort bei diesem Arzt eine Iwan-Rebroff-Autogrammkarte sah, weil nämlich Iwan Rebroff dort einmal Patient gewesen war. Mich behandelte derselbe Arzt, der auch Iwan

Rebroff behandelt hatte. Ja, Rebroff, das war die Zeit, als Rußland Mode war und die deutsche Seele sich gerade weitete wie eine kasachische Ebene. Damals sang auch Alexandra. Ich sah Alexandra zum ersten Mal vor zehn Jahren in Brixen im Fernsehen in einer Wiederholung von Robert Lemkes *Was bin ich*. Ich schaltete zufällig ein und sah eine Frau in einem orangefarbenen, kurzen Kleid, die *Sehnsucht heißt ein altes Lied der Taiga* sang. Ich saß da, war weg und dachte, kann es sein, daß diese Frau da jene Alexandra ist, von der alle *Mein Freund der Baum* kennen? Als Lemke die Frau vorstellte, hatte sie noch einen Nachnamen, sie hieß damals noch Alexandra Nefedov, glaube ich. Deshalb war ich mir nicht sicher, ob das wirklich die Mein-Freund-der-Baum-Alexandra war. Einen Tag später begann ich, Alexandra zu hören. Heute habe ich eine Alexandra-Gesamtausgabe. Manchmal höre ich sie monatelang nicht, und dann höre ich sie plötzlich wieder und denke, wie hast du das nur wieder monatelang ohne Alexandra ausgehalten.

Mit späteren Zeiten konnte ich dann weniger anfangen, dieser Schlagerkram aus den Siebzigern ist für mich ein Greuel, und auch Udo Jürgens geht völlig an mir vorbei, abgesehen davon, daß er ein paar schöne Lieder für Alexandra komponiert hat. Vor ein paar Tagen habe ich einem zwölf Jahre alten Mädchen, Waldorfschülerin, Hip-Hopperin und frühreif wie nichts, Alexandra geschenkt. Sie konnte das Geschenk, ehrlich gesagt, nicht ganz verstehen. Entgeistert war sie nicht. Mein ebenfalls anwesender Jägersehnsuchtsfreund importierte sich die CD jedoch sofort auf seinen Laptop. In Karlsruhe sprach ich natürlich nicht über Alexandra. Ich ließ die im Raum liegende Spannung einige Augenblicke im Raum liegen, und dann sagte ich, ja, selbstverständlich sei ich ein Heimatdichter, ich schriebe ja ständig Heimatromane. Aber es seien noch keine richtigen Heimatromane. Der letzte Roman habe ja sogar in Frankfurt gespielt, was gar nicht meine Heimat sei, sondern mein nächstes Ausland. Ich bezeichne ja inzwischen schon meinen Vater als eine Person mit Migrationshintergrund (mein Großvater kommt aus Hohenzollern). Der Mann in Karlsruhe sagte, Sie nehmen uns gerade auf den Arm, ich glaube Ihnen kein Wort.

Ja, so seltsam ist das alles geworden. Seitdem ich mich endlich als Heimatdichter bezeichne, glauben die Leute plötzlich, ich würde sie auf den Arm nehmen.

Den mobilen Bucheinband – ich will damit niemanden beleidigen und auch keine politische Äußerung machen – habe ich die letzten Wochen für Adolf Hitlers Mein Kampf benutzt. So konnte ich das Buch auch mal in der Straßenbahn lesen. *Heimatroman* ist noch nicht ganz so schlimm wie *Mein Kampf*. Ein Hirschgeweih, da wird man noch nicht unbedingt angesprochen (wenn auch beäugt), mit einem Hitler auf dem Einband ist das schon anders. Da ich allerdings starke Ähnlichkeiten zwischen Adolf Hitlers Prosa und der von Thomas Bernhard bemerkt habe, und da letztere manchmal als »negative Heimatliteratur« gilt, bleibt hier doch irgendwie alles beieinander.

Diese Kolumne ist ein Konglomerat aus Teilen, die ich vor meinem Umzug aus der Wetterau nach Frankfurt geschrieben habe. Seit meinem Umzug habe ich kein Wort mehr geschrieben, wie zu erwarten war. Es geht nicht mehr. Ich könnte jetzt nur noch Migrantenliteratur schreiben. Aber das würde mich noch mehr quälen. Obwohl sie derzeit groß in Mode ist. (Ähnlich wie früher Iwan Rebroff und solche Leute.)

Neulich dachte ich an meine Spaziergänge

Neulich dachte ich an meine Spaziergänge an der Usa, als ich siebzehn Jahre alt war. Heute würde man mich so, wie ich damals war, einen Spätpubertierenden nennen. Ich war spätpubertierend und bin es bis heute, obgleich das Wort spätpubertierend natürlich ebenso eine Unverschämtheit ist wie das Wort pubertierend und beides sowieso gar nicht existiert. Die sogenannte Pubertät hat die Gesellschaft erfunden, um die Wahrheit aus den Menschen zu tilgen. Überdies hat das Wort einen unangenehmen Klang. Einstmals schrieb jemand, das Wort *Pisa-Studie* sei ein Latrinenwort. Und in der Tat, wenn man etwa zu meinem Verein Eintracht Frankfurt geht und im dortigen Stadion die Toiletten aufsucht, könnte dort *Pisa* an der Wand stehen und auch tatsächlich als Latrinenwort gedacht sein. Pubertät klingt nach Abluft. Schaut euch dieses Wort genau an: Pubertät. Und dann bedenkt, wie es für den ist, damit behaftet zu werden, der damit behaftet wird. Kurzum, meine Spätwahrheitsphase, die mit siebzehn begann und bis heute dauert, war auch nicht weiter zu unterscheiden von meiner Frühwahrheitsphase, die etwa da anfing, als ich, wie es so schön heißt, zu denken begann. Ich weiß übrigens genau, wann ich zu denken begann. Ich begann sehr spät zu denken, mit zwölf Jahren. Es war auch nicht der liebe Gott oder der Nationalsozialismus oder sonst etwas, das mich zum Denken brachte, sondern ein Radiorecorder der Marke Telefunken. Meine Frühwahrheitsphase begann mit der Wiederentdeckung eines Radiorecorders in einem Furnierholzschrank meiner Eltern, meine Spätwahrheitsphase mit einem Mädchen namens Anke. Dazwischen versuchte man mich auf Nationalsozialismus bzw. Antinationalsozialismus hin zu sozialisieren, aber dagegen war ich eher resistent. Das war die Zeit, als wir in der Schule großes Kino hatten und man uns Woche für Woche gigantische Leichenberge auf Super-8 präsentierte, auf daß wir alle nie wieder so etwas Böses tun wie die da in Schwarzweiß. Offenbar muß das meine Generation sehr geprägt haben, denn seitdem meine Generation schreiben kann und Bücher veröffentlicht, lebt sie sich da ganz schön aus in dem, mit dem man sie damals auf Super-8 sozialisiert hat. Mir lag da allerdings bereits ausschließlich mein Radiorecordererlebnis im Sinn, und was ich infolgedessen am Nationalsozialismus in erster Linie wahrnahm, war, daß er vergangen war und daß es so etwas geben könne, vergangen sein, und daß all die Leute um mich herum wie meine Großmutter und mein Onkel J., die damals, zu Beginn meiner ersten Wahrheitsphase, alt waren, einstmals jung gewesen waren (heute sind sie alle tot), nämlich während des Nationalsozialismus.

Ich stand damals, mit fünfzehn, als wir großes Super-8-Kino in der Schule hatten, als sei es nicht eine Unverschämtheit, Fünfzehnjährigen in Schulkollektiven Leichenhaufen unter die Nase zu reiben, und auch noch angeblich pubertierenden, also vorübergehend geisteskranken … ich stand damals auf der Wiese vor dem Kurhaus in Bad Nauheim und dachte, wenn ich hier vom Kurhaus auf die Wiese und auf Bad Nauheim herabblicke, dann sieht alles noch ganz genauso aus wie vor vierzig Jahren. So sah Deutschland im Nationalsozialismus aus. Es war von der Wiese des Kurhauses aus kein Unterschied festzumachen. Ich war glücklich. Glücklich, weil alles, was ich sah, das heißt die Wiese und die Silhouette Bad Nauheims, im Jahr 1982 noch immer so aussah wie zur Zeit des Nationalsozialismus, oder sogar auch noch früher, zur Zeit der Jahrhundertwende, als der Zar da war und meine Großmutter gerade geboren wurde. Heute sieht Bad Nauheim nicht mehr so aus, wir bekommen ja nächstes Jahr die Landesgartenschau. Damit ist es dann endgültig vorbei. Auch mit der Wiese am Kurhaus ist es dann endgültig vorbei. Bad Nauheim, du Stadt des Einstmals. Bald werde ich dir ein Buch widmen, und das wird dann mein letztes sein. Ein Buch mit Onkel J.

Mit dem Radiorecorder verhält es sich folgendermaßen. Als ich ein Kind war und noch alles in Ordnung, auch wenn bereits schrecklich, gab es in unserer Familie einen Radiorecorder, den auch ich benutzte, um darauf vor allem Mary Poppins zu hören. (Ich glaube, ich onanierte erstmals zur Musik von Mary Poppins und hatte dabei Mary Poppins mit ihren vielen Röcken vor Augen, den Schwanz in der Hand, als sollte er in Mary Poppins hinein. Viele Jahre später nannte man es dann poppen.) Dieser Radiorecorder verschwand irgendwann, ohne daß ich das merkte, er wurde gegen einen anderen, neueren ausgetauscht, etwa so wie der Nußknacker in Raabes Altershausen. Da gibt es jedes Jahr zu Weihnachten einen neuen Nußknacker, und der alte kommt auf den Schrott. So lebte ich ein, höchstens zwei Jahre und onanierte nicht mehr zu Mary Poppins. Und eines Tages, es war Sommer, und ich weiß das Licht und das Wetter und das Zimmer und alles das noch sehr genau, ging ich an den besagten Furnierholzschrank, öffnete ihn und entdeckte hinter einem riesigen Schreibmaschinenkoffer (wenn noch jemand weiß, was das war und wie groß ein solcher Koffer damals sein konnte) jenen kleinen, abgewirtschafteten, entsorgten, abgestellten und nie mehr abgeholten Radiorecorder. Hätte ich ein armes, halb verhungertes Kätzchen dort gefunden, wäre ich nicht melancholischer gewesen. Plötzlich war alles da: Daß es den Recorder einstmals gegeben hatte und dann nicht mehr, und daß es sein Nichtmehrgeben nicht einmal mehr gegeben hatte, sondern daß er ausgelöscht gewesen war wie gleichsam niemals da, und dabei hatte ich doch täglich mit ihm gelebt, und mit Mary Poppins, auch im Stadlerschen Sinn, also den Schwanz in der Hand.

So war ich erstmals schuldig geworden. Die nächsten Jahre ließ ich diesen Radiorecorder nicht mehr aus den Augen, da war ich bereits mitten in der ersten Wahrheitsphase, also wahnsinnig bzw. geisteskrank. Der Radiorecorder funktionierte übrigens gar nicht mehr. Bald darauf nahm ich meine Spaziergänge auf. Damals gab es noch die Wetterau. Auch als ich siebzehn war, gab es die Wetterau noch. Ich lief jeden Tag an der Usa entlang, unserem Fluß. Meinem Lebensfluß. Ich sah die Usa, sah die Schrebergärten, sah das Rosenthalviadukt, war geisteskrank und in der seit da nicht mehr geendet habenden Spätwahrheitsphase, die sie zur Abluft machen, und begriff, daß das alles, die Usa, die Schrebergärten, der Kiesweg, die Sträucher, die Rosenthalbrücke, die Sonne über allem, bald sehr weh tun würde. Ich begriff, daß die Wetterau bald sehr weh tun würde. Weit weher als der Radiorecorder. Weit weher als das Mädchen Anke. Die Wetterau, ein Wort, das mit einem Schmerzlaut endet.

Neulich fuhr ich ins Wendland

Neulich fuhr ich mal wieder ins Wendland. Dort sind alle Menschen bärtig und können jonglieren. Auch der Vorsitzende der Bürgerinitiative Lüchow-Dannenberg hat einen Bart und kann jonglieren. Ich fuhr zur sogenannten Lachparade, da versammelt man sich in einer Scheune und schaut bärtigen Menschen zu, die jonglieren. Offenbar hat sich über dem Widerstand gegen die bundesdeutsche Atomwirtschaft dieser eigenartige Bartwuchs ergeben. In Asterix Band eins (Asterix der Römer) wird einmal ein Zaubertrank gebraut, der unmittelbar zu Bartwuchs führt. Plötzlich wächst der gesamten römischen Armee ein Bart, wie dem Widerstand im Wendland. Überhaupt hat sich der Widerstand im Wendland schon immer von Asterix her definiert. Ganz Deutschland ist von der bundesdeutschen Atomwirtschaft besetzt ... ganz Deutschland? Nein! Ein von unbeugsamen Wendländern besetzter Landkreis hört nicht auf, dem Eindringling Widerstand zu leisten. Der letzte Castortransport hieß ganz folgerichtig Castornix.

Die Wendländer leisten der bundesdeutschen Atomwirtschaft Widerstand, meine Heimat, die Wetterau, näher gesagt meine Heimatstadt Bad Nauheim, leistet nicht einmal der Landesgartenschau Widerstand, geschweige denn der Ortsumgehungsstraße. Im gesamten Landkreis Wendland gibt es, glaube ich, drei Ampeln, zwei in Dannenberg und eine in Lüchow. In der Wetterau gibt es bald nur noch Ortsumgehungsstraßen, auf denen man die Landesgartenschauen erreicht in Städten, von denen nichts geblieben ist und die nur noch umfahren werden. Ich würde gern einmal den Landkreis Wendland in die Wetterau einladen, um dort ein bißchen Widerstand zu leisten. Zum Beispiel gegen eine Treckerblockade unserer neuen Ortsumgehungsstraße hätte ich gar nichts. Ein paar Betonblöcke auf die Straße laden und sich drinnen, im Block, anketten, so daß keiner mehr auf der Straße durchkommt. Allerdings ist das Gesetz der Wetterauer Straße härter als die Machtbefugnis der Polizei im Wendland bei der jährlichen Castorparade. Die Wetterauer würden den wendländischen Widerstand auf ihren Ortsumgehungsstraßen einfach überfahren. Einem Castorzug kann man sich immerhin noch in den Weg stellen, aber man stelle sich mal einem Wetterauer in den Weg, wenn er mit hundertdreißig Sachen auf der Ortsumgehungsstraße angefahren kommt.

Meine Heimat ist tot und ein Grab, sie hat sich dem Verschönerungs- und Umgehungsirrsinn an den Hals geworfen wie einer Erlösungsideologie, um endlich von sich selbst erlöst zu werden, durch Vernichtung, wie es sich auch die Liebeshelden bei Wagner erträumen. Ins holde Nichts versinken. Das Wetterauer Nichts hat die Form einer Straße, und der Wetterauer hat die Form eines Autos, und die Erlösung beginnt ab einhundertdreißig Stundenkilometern.

Im Wendland begegnete ich einem Menschen, der nicht nur »ohne Auto« lebt, das ist ja sowieso nur die Grundstufe für alles Weitere. Nein, er lebte sogar ohne Strom. Übrigens sah er gar nicht seltsam aus. Er kam mit einem Rennrad angefahren und trug einen Helm, darunter einen Bart.

Ein halbes Jahr trug ich in der Wetterau einen Bart. Alle hielten mich für ... hier fehlt mir das rechte Wort. Für einen Spinner. Für verwest. Für aufgeblasen. Jeder hielt mich für irgendwas, die meisten hielten mich plötzlich für tief religiös und bereits entrückt. Ich saß in meinem Hintergarten und jonglierte vor mich hin. Dann fuhr ich ins Wendland zum Castornix und hielt dort eine Rede, in der ich die These vertrat, daß alle Wendländer Bärte haben und jonglieren, was diese auch alle sofort bestätigten. Selbst die, die keine Bärte trugen, bestätigten, daß alle im Wendland Bärte haben.

Nun war ich neulich also wieder im Wendland, eingeladen vom ersten Vorsitzenden der Bürgerinitiative Lüchow-Dannenberg, dem Widerstandschef. Er hat wie gesagt einen Bart. Kaum stand ich bei ihm auf dem Hof, nahm er unauffällig drei Bälle und fing an zu jonglieren. Das machte er ganz souverän, nur als er plötzlich statt mit zwei Händen nur noch mit einer Hand die Bälle jonglierte, zwinkerte er mir kurz zu. Das sollte heißen: Nicht schlecht, oder?

Dann kamen die Pferde, drei riesige Friesen. Dem einen, der Dame, hatten sie ein gelbes X (wie in CastorniX) auf den Hintern gemalt. Dieser Hintern wogte ziemlich. Da fragte ich mich, wie hier wohl der Sex so unter Wendländern vonstatten gehe und ob die sich noch anderweitig bemalen?

Schließlich trieben wir in einem zersägten Plastiktank über einen völlig verschilften See und betrachteten die Frösche beim Nichtstun. Wenn man achtundvierzig Stunden im Wendland ist, kommt es einem so vor, als sei man etwa schon fünf Jahre im Landkreis. Selbst die Dörfer dort, Rundlinge, sehen auf Anhieb aus wie das Asterixdorf. Drum herum sind überall Römer in grünen Uniformen.

Der ehemalige Innenminister Kanther hat die Leute dort einmal als unappetitliches Pack bezeichnet. Das haben sie sich zu Herzen genommen und nennen sich seitdem selbst so. Wenn in Lüchow oder in Wadeweitz oder in Breselenz oder sonstwo ein Trupp Wendländer einem anderen begegnet, ruft der erste Trupp: Da, wieder so ein ekelhaftes Widerstandspack, das den ganzen Tag nichts zu tun hat und ungewaschen herumstinkt. Der zweite Trupp entgegnet: Ach kommt, ihr wollt uns ja nur wieder an den Strom.

Das Dreckspack aus dem Wendland macht diesen

Sommer wieder einmal Tournee und sucht ein neues Endlager, ja, genau, direkt vor unserer Haustür. Trekkerblockade inbegriffen, wer will, kann da jonglieren lernen. Einen Monat ungewaschen, Vorsicht, da kommen sie hin: 5.7. Morsleben, 6.7. Erfurt, 7.7. Wismut, 8.7. Grafenrheinfeld, 9.7. Nürnberg/Erlangen, 10.7. Wackersdorf/Schwandorf, 11.7. München, 12.7. Passau, 13.7. Temelin, 14.7. Linz, 15.7. Ohu, 16.7. Grundremmingen, 17.7. Schönau, 19.7. Wyhl/Fessenheim, 20.7. Neckarwestheim, 21.7. Karlsruhe/Philippsburg, 22.7. Biblis, 23.7. Hanau, 24.7. Büchel, 25.7. Düsseldorf, 26.7. Hamm-Uentrop, 27.7. Jülich, 28.7. Ahaus, 29.7. Gronau, 30.7. Almelo, 31.7. Lingen, 1.8. Esenham/Oldenburg.

Neulich war ich in der JVA Butzbach

Neulich war ich in Butzbach, ich war eingeladen zu einer Lesung in die JVA (Justizvollzugsanstalt). Ich trug auf dem Rücken einen kleinen, grünen Jägerrucksack, es war noch nicht heiß in diesem Sommer, ich war den ganzen Tag unterwegs, also hatte ich ein Buch, mein Onkel-J.-Kolumnenjäckchen und eine Regenjacke dabei. Der Gefängnispsychologe hatte mir den Weg vom Bahnhof aus beschrieben. Ich aber verlief mich sofort in diesem Butzbach und stand, als ich schon längst hätte im Gefängnis sein sollen, vor einem Butzbacher Vorgarten, in dem gerade jemand arbeitete. Ich fragte, wo es hier zum Gefängnis gehe. Der Mann musterte mich von oben bis unten (besonders meinen Rucksack). Dann erklärte er mir den Weg, wobei er mich duzte und eigentlich nicht weiter beachtete. Später hatte ich den Weg immer noch nicht gefunden, da fragte ich zwei Jugendliche auf Fahrrädern (sie fahren in Butzbach noch in Rockerpose auf Fahrrädern, wo sie in Friedberg längst ihre Motorräder haben). Die schauten mich eher erschrocken an. Ich bin nur zu Besuch, sagte ich. Sie glaubten mir kein Wort und machten sich davon. Am Gefängnis endlich empfing mich der Gefängnispsychologe und führte mich in den Verwahrungstrakt, wo normalerweise keiner hineinkommt, denn da herrscht Sicherheitsstufe eins. Er führte mich in die Zelle eines österreichischen Karikaturisten, der gerade acht Jahre in der Wetterau absitzt, von der er vermutlich noch nie gehört hat. Acht Jahre sind da nichts, mit acht Jahren zählt man in Butzbach kaum. Auf dem Gang zwischen den Zellen lernte ich einen Mann kennen, ich glaube, er hieß Herr Albert. Herr Albert war ein bißchen älter als ich, groß, durchtrainiert, überaus gutaussehend, er erinnerte mich ein wenig an Sam Shepard. Herr Albert begrüßte mich sehr freundlich, mit einem strahlenden, lebensfrohen, dennoch alles andere als peinlichen oder dummen Lächeln, es wirkte vielmehr fast religiös, dieses Lächeln, entrückt und unangreifbar. Der Mann war unglaublich höflich. Er sagte, schwer hätten es die, die nur kurz hier seien (in Butzbach). Die hätten noch ihre Kontakte nach draußen, und Kontakte nach draußen seien das Schlimmste, sagte er. Erst, wenn man alle diese Kontakte nicht mehr habe, dann werde man richtig frei hier drin. Und übrigens zerbrächen sie ja sowieso irgendwann, diese Kontakte. Er habe jetzt neun Jahre hinter sich und noch zwölf vor sich. Neulich, sagte er, habe er auch Nierenkrebs gehabt, die eine Niere sei ganz weg, die andere kaum noch da, aber eine Spenderniere bekomme er nicht, der Arzt sage, er solle jetzt mal lieber anfangen, nur noch von Monat zu Monat zu denken. Darauf runzelte der Gefängnispsychologe die Stirn. Mich aber griff Herr Albert am Arm und sagte, wissen Sie, raus kommt man hier letztlich immer. Dann schwebte er bester Laune davon. Ja, er schwebte. Seit Jahren hat mich keiner so wie Herr Albert an meinen russischen Freund Alexej erinnert. Dieser Alexej ist Novize in einem orthodoxen Kloster, und seitdem er sich weggesperrt hat von der Welt und zu Gott hingesperrt, ist er der glücklichste und zufriedenste Mensch, der sich denken läßt. Und während Herr Albert, diese eigentümlich beneidenswerte Person, davonschwebte wie ein weltweise gewordener Mann Anfang Vierzig, raunte der Gefängnispsychologe mir zu, Herr Albert sei ein sehr erfolgreicher schwerer Bankräuber gewesen, darüber hinaus früher äußerst drogenabhängig. Alles das geschah in Butzbach in der Wetterau, und später bei meiner Lesung las ich ausnahmslos Volltext-Kolumnen und einen Teil der Ortsumgehung. Ich las ausschließlich Texte, die in der Wetterau spielten, wo wir gerade waren, zum Beispiel in Bad Nauheim, das ist kaum zehn Kilometer entfernt. Kennt jemand von Ihnen Bad Nauheim, fragte ich, alle guckten unter sich auf den abgewetzten Linolboden. Sie waren ja keine Urlauber. Es kam auch nur einer von hier. Nicht jedermann kommt nach Butzbach, das Gefängnis hat, wie gesagt, Sicherheitsstufe eins. Das ist, in kriminaltechnischer Hinsicht, schon so, wie wenn man Rowohlt- oder S. Fischer- oder Suhrkampautor ist. Hat, fragte ich weiter, jemand von Ihnen schon einmal den Begriff Wetterau gehört? Oder Bad Nauheim? Zögerlich gingen einige Hände nach oben, wie bei einer Schulklasse, aber nur zwei oder drei von insgesamt zwanzig. Über meinen Onkel J., von dem ich las, waren alle begeistert, da gab es erhöhtes Identifikationspotential, manche hielten ihn sogar für gemütlich (vermutlich, weil er so unschuldig war). Ich habe, rief jemand, auch so einen Onkel gehabt. Ich auch, rief ein anderer. Und weil die Runde insgesamt zum Diskutieren neigte, und weil es plötzlich um so etwas wie Erinnerung und Vergangenheit ging, zeigte es sich, daß nicht wenige dieser Schwerverbrecher ohne weiteres soziologischen Jargon beherrschten; da flogen die edition-suhrkamp-Titel nur so durch den Raum, und nicht wenigen waren Adorno und Mitscherlich so geläufig wie der eigene Butzbacher Gefängnisaufseher auf dem Gang. Die nicht so Belesenen konnten immerhin darauf beharren, so jemand wie Onkel J. habe es früher eigentlich in jeder Familie gegeben, und kriegten darauf ihre Gefühle.

Ich muß sagen, Themen wie Erinnerung und Vergangenheit liegen mir, an sich genommen, völlig fern. Wozu soll man eine Vergangenheit erinnern? Die Vergangenheit hat mich noch nie interessiert, nur die Gegenwart. Die Vergangenheit war auch nie besser (auch wenn es damals noch keine Ortsumgehungsstraße gegeben hat), aber man kann die Vergangenheit wunderbar gegen die Gegenwart verwenden, denn das versteht immer jeder, auch wenn er gar nicht merkt, daß das bloß ein Trick ist. Man muß nur »damals« und »noch« sagen (zum Beispiel, daß es »damals noch« keine Ortsumgehung gegeben habe), und die meisten machen geistig sofort dicht und finden, ich hätte recht. Habe ich ja auch. Aber nicht so, wie sie es meinen.

Neulich sagte mein Schiedsrichterfreund zu mir, ist doch gut, wenn die Leute Onkel J. und die ganze Ortsumgehung für etwas Gemütliches halten. Das wird, sagte er, auch den Verlag freuen. Das kann man dann gut verkaufen.

Seitdem denke ich immer wieder: etwas ganz Teuflisches machen, ohne daß jemand merkt, daß man etwas Teuflisches macht, außer dem lieben Gott, und alle halten es für gemütlich und Heimatliteratur. Zurück in die Spinnstube, wie Kurzeck, wie Stadler, wie ich. Wir, die Heimatautoren. Wir, die Idioten.

Am Ende hatte ich nur Wetterautexte mit außerordentlich viel Alkohol vorgelesen, dabei herrscht im Gefängnis Alkoholverbot, das betraf leider auch mich. Es wurde dennoch die längste Lesung meines Lebens. Später bat man mich, ob ich nicht bei dem Herausgeber des vorliegenden Blattes erwirken könne, er möge der Justizvollzugsanstalt Butzbach ein Volltext-Abonnement stiften. Beim Hinausgehen erzählte mir der Gefängnispsychologe, er sei eigentlich Soziologe und vor allem Amokspezialist. Definition für den Amoklauf: Es muß zwischen den Tötungsakten einen zeitlichen Zusammenhang geben, und mindestens eine Tötung muß außerhäusig geschehen. Amok kommt aus dem Malaiischen, da haut man sich den Kopf mit Opium oder so etwas zu, vielleicht auch Halluzinogenen, dann malt man sich irgendwie im Gesicht an, rennt mit der Machete aus der Hütte heraus und macht dort alles wahllos nieder, das ist da eine Art gesellschaftliches Ventil. Es gibt mehrere Unterarten, die bei uns bekannteste ist das sogenannte *school shooting*, das *school shooting* sei in den Medien immer ein Renner. Sei aber nur eine Unterart. Meistens erschieße man zu Hause seine Frau, und weil man schon mal dabei ist, fährt man gleich noch in die Firma und erschießt den Chef. Das sei eigentlich der Normalfall. Vorher waren das, wie es so schön heißt, ganz normale Leute.

In Butzbach lesen die jetzt also Volltext und auch meine Onkel-J.-Kolumnen. Eines finde ich schon bemerkenswert. Da hatte Butzbach den Hessentag (das ist vermutlich noch schlimmer als die Landesgartenschau), und für die Einsitzenden hat er gar nicht existiert. Wie für mich keine *school shootings* existieren, weil ich ja keinen Fernseher habe und keine Zeitung lese und meine Freunde so etwas glücklicherweise auch gar nicht interessiert.

Seit Butzbach denke ich manches Mal an Herrn Albert. Ich stand vor ihm, und ich war für einen Moment sehr neidisch. Ich begriff es binnen einer Sekunde. So weit wie er werde ich nie kommen. Werde immer verstrickt bleiben in diese eigenartige Welt, aus Mangel an Weisheit und einem Überschuß an Feigheit. Der liebe Gott macht alles richtig. Seit Butzbach weiß ich, daß es in der Wetterau große Personen gibt. Auch wenn sie die Wetterau gar nicht kennen. Die Wetterau kennt sie ja auch nicht. (Wie meine Malerin.) Und daher widme ich diese Kolumne Herrn Albert. Obwohl ich mir, wie gesagt, nicht sicher bin, ob er wirklich so heißt.

Neulich bekam ich eine Einladung zum Klassentreffen

Neulich bekam ich eine Einladung zum Klassentreffen. Es häufen sich die Jubiläen. Nun bin ich auch schon seit zehn Jahren Schriftsteller. Am 4.6.99 betrat ich zum ersten Mal in meinem Leben den Frankfurter Suhrkamp Verlag. Jetzt, da diese Kolumne erscheint, ist der Frankfurter Suhrkamp Verlag auch schon wieder weg. Mein Vater hat früher bei der Henninger Bräu gearbeitet, der berühmten Frankfurter Brauerei. Dort, wo ehemals das Verwaltungsgebäude stand, wo der Fuhrpark war, der Flaschenkeller, ist heute gar nichts mehr, eine Brache, die der neuen »Verwertung« harrt. Vor dem Eingang zum Henningerturm wachsen die Birken in die Höhe. Auch ich habe zweimal in meinem Leben bei der Henninger gearbeitet. Alles schon wieder weg. Als ich Schüler war, habe ich in Friedberg in der Wetterau bei der Oberhessischen Stromversorgungs AG gearbeitet, zehn Jahre später existierte dieses Gebäude auch nicht mehr. Als Kind habe ich in den riesigen, licht- und staubdurchfluteten, stillgelegten Lagerhallen der Steinwerkefirma meiner Familie mütterlicherseits gespielt. Die Hallen waren teilweise offen, teilweise waren die Gläser eingeschlagen, ich erinnere mich genau an die Atmosphäre darin, alles war hell und dunkel zugleich und roch nach Eisen und Arbeit, aber kein Mensch mehr da. Eine benachbarte Schaffellfabrik lagerte in einer der Hallen riesige Berge dreckiger Säcke mit Fellen darin, zehn Meter hoch oder höher, kommt mir vor. Es war ein Gebirge, man konnte klettern und jederzeit abstürzen und fiel weich. Ich stürzte immer mit Absicht ab und war anschließend grauschwarz und mußte gebadet werden. In einer anderen Lagerhalle lagen seltsamerweise haufenweise ausgemusterte Schulbücher. Dann der riesige Kran … ich glaube, es existieren nicht einmal mehr Fotos davon. Heute ist nichts mehr davon da, getilgt, niemand weiß mehr davon. Der alte, nazibraune Variant meines Onkels, weg. Kein Kleidungsstück mehr da vom Onkel. Noch existieren die Pelzmäntel meiner Großmutter, aber die werden mit meiner Mutter auch verschwinden. Unser Gärtner, Giebel. Ostaussiedler, dick, immer stumpf im Wesen, wie mir vorkam, wohnte im Karl-Wagner-Haus, wo die wohnten, die nichts und niemanden mehr hatten, keine Heimat und kein Zuhause. Zwei Jahrzehnte, oder waren es nur fünfzehn Jahre, war er jeden Tag in unserem Garten, lebte da quasi, mal war das Gras geschnitten, mal war es, im hinteren Teil des Grundstücks (damals standen noch die Apfelbäume), sehr hoch. Einmal schiß er dort ins hohe Gras, kaum zu sehen, aber jemand sah ihn doch, da durfte er wochenlang zur Strafe nicht mehr kommen und kam dann doch wieder. Er trank immer Bier, wie mein Onkel J. Henninger Haustrunk, vier Kisten die Woche. Sprach er, verstand ich kein Wort. Ein Mensch wie ein Tier und hieß Giebel, Kurt mit Vornamen. Eine der großen Gestalten meines Lebens (wie J.). Später wurde er krank, verlor erst ein Bein, dann das zweite, trank nicht mehr, lag im Altersheim in Gedern und malte mit Bunstiften Kinderbilder. Als ich hinfuhr, erkannte ich ihn kaum. Er war klein und mager geworden, hatte ein völlig anderes Gesicht und redete vollkommen klar. Ein anderer Mensch. Da begriff ich erstmals, was es heißt, komplett ein Leben mit Bier zu führen – und daß es gar nicht so schlecht sein muß, man muß dann nur auch rechtzeitig sterben. So wurde er langsam immer weniger. Wie im Karl-Wagner-Haus, so wurde ihm auch im Heim in Gedern immer alles gestohlen. Sogar die Buntstifte. Bis zum Schluß fuhren meine Eltern stets nach Gedern zu ihm. Nichts ist von ihm übrig, und ich bin doch erst zweiundvierzig. Die kleine Gasse, die von der Augustinerschule am alten Landratsamt vorbei zur Kaiserstraße führte, wo ich immer mit der Buchhändlertochter lief, wenn ich sie aus der Schule abgeholt hatte, weg. Unser Weg nach Ockstadt zum Kirschberg, das ganze Feld, weg, da ist jetzt die Ortsumgehung. Kein Telefonhäuschen mehr, kaum mehr ein Briefkasten. Die Fachwerkhäuser in der Altstadt sind fast schon wie aus einem anderen Universum, es gibt sie noch, aber jeder weiß, irgendwann müssen sie weg. Kann sich keiner mehr leisten. Sie kommen immer mehr herunter. Ist alles zu teuer. Wo bin ich? Wo sind denn alle hin? Und alle machen aus der Vergangenheit ein Jubiläum und feiern ständig, den fünfundzwanzigsten Jahrestag, den dreißigsten, den fünfzigsten. Wann ist die A 5 eröffnet worden? Wann das Gemalte Haus? Wer wird die Jubiläen der Apfelweinwirtschaft zu den Drei Steubern in Frankfurt am Main feiern, wenn der Wirt aufgehört hat (er ist sechsundsiebzig). Und wo gehe ich dann hin? Seit dem Radiorecorder geht alles verloren. Alles, was ist, ist schon wieder weg. Und nun schicken sie mir Einladungen zu einem Klassentreffen. Da sie nicht wissen, wo ich wohne, bekomme ich die Einladungen zum Klassentreffen über die Leseabteilung des Suhrkamp Verlags, über die Presseabteilung des Suhrkamp Verlags, über den Verlag Heinrich und Hahn (existiert auch schon wieder nicht mehr), sie suchen mich auf allen Wegen, vielleicht werden sie über die Wetterauer Zeitung sogar eine Suchanzeige aufgeben. Wir könnten uns auch im Weltraum treffen, schwebend, Luft für nur noch zwanzig Minuten. Oder mitten auf dem Meer, jeder einzeln und ohne Schwimmweste, eben so kurz vor dem Ertrinken. Vielleicht kommen sie alle auf der neuen Ortsumgehung angefahren? Und sie treffen sich in einem Lokal, von dem ich auch noch nie gehört habe. Irgendwo auf der Kaiserstraße in Friedberg in der Wetterau, wo ich herkomme, einem dieser Lokale, die alle drei Jahre neu aufmachen und dann gleich wieder zu. Ich gehe aber in keine neuen Lokale mehr, schon gar nicht in Friedberg in der Wetterau. Ich gehe höchstens noch in die Dunkel. Oder zum Friedhelm. Oder ins Forsthaus Winterstein. Ich gehe schon seit langer Zeit nur noch da hin, wo ich immer hingegangen bin. Und da werde ich auch so lange hingehen, bis nichts mehr davon übrig ist.

Und dann werde auch ich endgültig eingetreten sein ins Einstmals.

Andreas Maiers »Neulich«-Kolumnen erschienen von 2005 bis 2010 in der Wiener Zeitschrift *Volltext*.

Inhalt